Arena-Taschenbuch
Band 50739

Ebenfalls von dieser Autorin sind im Arena Verlag erschienen:
Waldesruh
Zickenjagd
Rosengift

Röslein stach
Schneeweiß, blutrot

Die schwarze Seele des Engels

Höllenküsse
(Thriller-Sammelband zusammen mit
Tamina Berger, Bettina Brömme und Kathrin Lange)
Totentänze
(Sammelband zusammen mit Krystyna Kuhn, Beatrix Gurian
und Manuela Martini)

Susanne Mischke,
geboren 1960 in Kempten im Allgäu. Mit vier konnte sie »Max und Moritz« auswendig, mit acht Jahren entschloss sie sich zu publizieren: eine Geschichte über ihren Hamster. Später studierte sie BWL und unternahm einen zweiten Schreib-Anlauf: Seit 1993 arbeitet sie als freie Schriftstellerin, 2001 wurde sie mit dem Frauen-Krimipreis der Stadt Wiesbaden ausgezeichnet. Susanne Mischke lebt mit ihrer Familie südlich von Hannover.
www.susannemischke.de

Susanne Mischke

Nixenjagd

Arena

1. Auflage als Limitierte Sonderausgabe im Arena-Taschenbuch 2015

Umschlaggestaltung: Frauke Schneider unter Verwendung eines Fotos von Steve Gorton © gettyimages
Umschlagtypografie: KCS GmbH · Verlagsservice & Medienproduktion, Stelle/Hamburg
Sondergestaltung: komm Design/achkomm.com/Würzburg
Gesamtherstellung: Westermann Druck Zwickau GmbH
ISSN 0518-4002
ISBN 978-3-401-50739-2

www.arena-verlag.de
Mitreden unter forum.arena-verlag.de
www.arena-thriller.de

1

Die Menschen auf dem Bahnsteig waren schwer bepackt und die Gesichter zeigten jene satte Erschöpfung, die sich nach einem gelungenen Raubzug breitmacht. Samstag – Familien-Einkaufstag. Franziskas Ausbeute bestand lediglich aus zwei Büchern, doch damit war sie restlos zufrieden.
Sie hatte nach einem Sommerkleid und leichten Schuhen Ausschau halten wollen, aber nichts Passendes gefunden. Das mochte daran liegen, dass sie zwei Stunden im Antiquariat verbracht hatte. Ihre Mutter würde sagen: vertrödelt. Danach hatte sie wenig Lust verspürt, nach Klamotten zu suchen. Es war ihr grundsätzlich lästig, mit der Auswahl und Anprobe von Kleidung Zeit zu vergeuden. Zeit, die man auch sinnvoll verbringen konnte. Zum Beispiel lesend.
Die vertraute Frauenstimme kündigte das Einfahren des Zuges an. Türen glitten auf, die Menschen enterten die Wagen, als handele es sich um die Arche Noah und nicht um die S-Bahn. Mit einem Sitzplatz würde es wohl nichts werden, befürchtete Franziska, die ohne ihr Zutun vorangeschoben wurde. Musste sie halt im Stehen lesen.
»Hier ist noch Platz«, hörte sie plötzlich eine Stimme.
Ein Korb wurde vom Sitz genommen, eine kräftige, langfingrige Hand wies auf die frei gewordene Fläche.
Lieber Himmel, durchfuhr es Franziska. Sollte sie wirklich . . .?
Jemand rempelte gegen ihren Rücken, sie verlor das Gleichgewicht und plumpste auf den freien Sitz.
»Hi«, sagte Paul.

»Hi«, sagte Franziska.
Eine Dicke, beladen mit zwei prall gefüllten Plastiktüten, sank stöhnend neben sie. Franziska registrierte es kaum.
Paul.
Vor vier Wochen war er neu in ihre Klasse gekommen, in die 10 b. Seitdem geisterte er durch ihre Tagträume. Nicht nur, weil er ohne jeden Zweifel gut aussah: braune Locken, blaue Augen, athletische Figur. Das allein war es nicht. Auch Oliver sah gut aus, aber bei seinem Anblick bekam sie kein Herzklopfen. Paul dagegen ... Er wirkte erwachsener als die anderen Jungs in seinem Alter, und wenn sie im Unterricht zu ihm hinsah – was oft geschah, denn er saß schräg vor ihr –, dann bemerkte sie zuweilen etwas Melancholisches in seinen Zügen, eine leise, verborgene Traurigkeit, die etwas in ihrem Inneren berührte.
Doch Franziska war nicht die Einzige, die sich zu Paul hingezogen fühlte. Ihre Freundin Katrin schleuderte jedes Mal reflexartig ihr Blondhaar zurück und versandte schmachtende Blicke, wenn Paul in ihre Nähe kam, und Silke, die mit Katrin um den Titel *attraktivstes Mädchen des Jahrgangs* konkurrierte, drückte automatisch ihr Kreuz durch und reckte ihre C-Körbchen in die Landschaft. Aber sämtliche Verrenkungen dieser Art waren bisher erfolglos geblieben.
»Vielleicht ist er schwul«, hatte Katrin neulich verärgert vermutet. Sie war nicht gewohnt, ignoriert zu werden, und anders konnte man das freundlich distanzierte Verhalten Pauls kaum nennen.
Wenn Katrin jetzt an meiner Stelle säße, dachte Franziska, würde sie ihre Chance nutzen: eine Unterhaltung, etwas Small Talk, vielleicht sogar eine Verabredung. Franziska krallte nur die Hände um ihren kleinen Rucksack und heftete den Blick auf den Korb mit Lebensmitteln, den Paul jetzt auf dem Schoß hat-

te. Die Bahn fuhr los und mit jedem Meter empfand Franziska das Schweigen unerträglicher. Wenn er doch was sagen würde. Schließlich bemerkte sie: »Du warst einkaufen.«
Sehr originell, Franziska, wirklich super!
»Ich will was kochen«, erklärte Paul.
»Du kochst?«
Hat er doch gerade gesagt. Franziska, du redest nur wirres Zeug.
»Das finde ich toll«, sagte sie. »Mein Vater kocht auch ab und zu am Sonntag. Aber er hinterlässt immer eine Riesensauerei in der Küche.«
Paul antwortete nicht und sah aus dem Fenster. Franziska fiel ein, dass jemand erzählt hatte, Pauls Vater sei vor zwei Jahren gestorben. Hätte ich doch nur den Mund gehalten. Die Dicke neben ihr tat einen tiefen Seufzer. Der Junge neben Paul hatte die Hörer seines MP3-Players eingestöpselt und bewegte den Kopf wie ein pickendes Huhn. Franziska verwünschte die ganze Bande. Sie wäre jetzt gern mit Paul allein gewesen. Um beschäftigt zu wirken, nahm sie eines ihrer Bücher heraus. Sie hatte ja ohnehin lesen wollen. Allerdings würde sie sich in seiner Gegenwart wohl kaum konzentrieren können.
»Was liest du da?«
Franziska sah auf, ihr Blick begegnete seinem. Ein kleiner Elektroschock durchfuhr ihren Körper. Wortlos hob sie das Buch an.
Er lächelte. Franziska war sicher, dass sie ihn bis jetzt noch nie hatte lächeln sehen. Denn daran hätte sie sich erinnert. Es war wie ein Sonnenaufgang. Doch schon war es wieder verflogen.
»Camilleri. Du magst Krimis?«
Sie nickte. »Kennst du es?«, fragte Franziska.
»Ja.«

Ging es vielleicht noch einsilbiger? Wenn er nicht reden wollte, warum fragte er dann nach ihrem Buch?
Erneut musste Franziska an Katrin denken. Die hätte jetzt sicher die passende Bemerkung parat gehabt. Sie dagegen schwieg und spürte, wie sie rot wurde, während sie verlegen aus dem Fenster sah. Korn- und Rübenfelder zerflossen zu einem Mosaik in Gold und Grün. Aus der Plastiktüte auf dem Schoß der Dicken roch es nach Gorgonzola.
»Und was liest du so?«, fragte Franziska, um die Unterhaltung nicht völlig einschlafen zu lassen. Wieder sah Paul stumm aus dem Fenster. Er schien da draußen etwas wirklich Interessantes zu sehen. Franziska wagte nicht, ihre Frage zu wiederholen.
»Hesse«, sagte er nach über einer Minute. »Ich lese zurzeit viel von Hesse. *Siddharta* zuletzt.«
»Ah. Meine Hesse-Phase hatte ich mit dreizehn«, hörte sich Franziska antworten. Was redete sie da schon wieder für einen Mist? *Meine Hesse-Phase hatte ich mit dreizehn.* Er wird mich für eine altkluge, affektierte Tussi halten. So wie ihr Vater neulich bemerkt hatte, sie müsse achtgeben, dass sie auf andere nicht zu blaustrümpfig wirke. Franziska hatte im Internet nachsehen müssen, was *Blaustrumpf* bedeutete: *Mauerblümchen, Frauenrechtlerin.* Sie hatte ganz vergessen, ihren Vater zu fragen, ob ihm eine Tochter, die sich nur für Klamotten und Klingeltöne interessierte, lieber wäre.
»Mädchen sind eben mit allem etwas früher dran«, antwortete Paul ironisch.
»Ich habe es nur gelesen, weil es daheim herumlag«, versuchte sich Franziska in Schadensbegrenzung. Es war nicht einmal gelogen. Franziskas Mutter arbeitete für die Literaturredaktion des NDR, weshalb zu Hause schon immer stapelweise Bücher herumgelegen hatten. Sobald sie lesen konnte, hatte Franziska

wahllos alles an Literatur verschlungen, was ihr in die Finger kam. Bücher waren wie Drogen, man konnte abtauchen aus der Wirklichkeit in eine andere Welt.

»Aber ich befürchte, ich habe damals gar nichts verstanden«, setzte sie hinzu.

Er nickte nur. Offensichtlich langweilte sie ihn. Franziska tat, als würde sie weiterlesen, aber ihr war klar, dass sie drauf und dran war, diese einmalige Gelegenheit, Paul etwas näherzukommen, ergebnislos verstreichen zu lassen. Schnell, ein anderes Thema musste her!

»Wie gefällt es dir an der Schule?«

»Ist okay.«

»Und deiner Schwester? Sie geht in die Neunte, oder?«

»Alexandra, ja. Die wird sich schon noch eingewöhnen. Mit dem Lernen tut sie sich eh leichter als ich.«

Franziska hatte Paul in der Pause häufig zusammen mit einem großen, etwas grobgliedrigen Mädchen gesehen. Vielleicht, dachte sie nun insgeheim, würde sich Alexandra ohne ihren Bruder schneller eingewöhnen.

»Wenn du mal Hilfe brauchst – in Mathe bin ich zwar auch nicht gerade eine Leuchte, aber sonst . . .«

»Danke für das Angebot«, sagte er in einem Ton, der eine Annahme desselben kategorisch ausschloss. Schon wieder ein Fehler, dachte Franziska. Vielleicht sollte ich mal einen Kursus belegen: *Wie flirte ich mit einem Jungen, ohne von einem Fettnapf in den nächsten zu treten.*

Der Zug hielt, die Dicke stieg aus. Der Käseduft schwebte hartnäckig über den Sitzen. Nur noch fünf Minuten bis zu ihrer gemeinsamen Haltestelle. Los, Franziska, nutze deine Chance!

»Was machst du sonst so – außer lesen?«, forschte sie in einem Anflug von Mut weiter.

»Tiere beobachten.«
»Was für Tiere?«
»Alle möglichen. Ich setze mich mit dem Fernglas auf einen Hochsitz und warte, was da so passiert. Manchmal mache ich Fotos.«
»Ich gehe auch oft in den Wald. Mit dem Hund meiner Tante.«
»Warum habt ihr keinen eigenen?«
»Mein Vater ist angeblich allergisch gegen Tierhaare. Aber ich glaube, er sagt das nur, weil er kein Haustier möchte.«
»Kannst du still sein?«, fragte Paul.
Franziska wurde von einer heißen Welle der Scham überspült. Sie hatte ihn also genervt mit ihrem Geplapper, dem krampfhaften Bemühen um eine Unterhaltung. Vielleicht hatte er lesen wollen, seinen Hesse, oder nachdenken, und sie ... Franziska konnte sich nicht erinnern, jemals eine so peinliche Situation wie diese erlebt zu haben. Peinlich und demütigend. Schon spürte sie ein verräterisches Brennen in den Augen und etwas, das ihr die Kehle zuschnürte. Gleichzeitig registrierte sie, wie ihr Gesicht allmählich die Farbe eines Radieschens annahm.
»'tschuldige.« Es war ein kaum hörbares Flüstern. Alles in ihr schrie nach Flucht. Sie war im Begriff, aufzustehen und sich einen anderen Platz zu suchen, als er sagte: »Wenn du willst, kannst du mal mitkommen auf einen Hochsitz. Aber da muss man still sein, sonst bekommt man nichts zu sehen.«
Franziska schluckte den Kloß in ihrem Hals hinunter und nickte.
»Gern«, presste sie hervor.
Wieder hielt die Bahn an.
»Ich sag dir Bescheid.« Er stand auf.
»Das ist noch nicht unsere Haltestelle«, bemerkte Franziska.
»Ich muss noch was erledigen«, sagte er. »Bis dann.«

Sie sah ihm nach, wie er auf den Bahnsteig sprang, den Rucksack schulterte und federnd die Treppen hinabstieg, wo ihn das Dunkel der Unterführung verschlang. Die Bahn fuhr an. Franziska lehnte sich zurück und schloss die Augen. Wenn das Glück tatsächlich nur aus einzelnen Augenblicken bestand, wie oft zu lesen war, dann war dieser zweifellos einer davon.

2

Der Abend des heißen Sommertages war noch immer sehr warm, und obwohl die Sonne schon tief stand und die Büsche lange Schatten auf den Feldweg warfen, würde es noch mindestens bis zehn Uhr hell bleiben. Bruno jagte durch die Kornfelder, immer entlang der Treckerfurchen. Anfangs war Franziska in Panik geraten, wenn der Hund zwischen den hohen Halmen gänzlich verschwand. Inzwischen wusste sie, dass er immer wieder herausfand. Sie brauchte nur die Hundepfeife zu benutzen, die Tante Lydia ihr mitgegeben hatte, dann würde er irgendwo herausgeschossen kommen und sich an ihre Seite setzen. Ihr Onkel hatte den Hund sehr gut erzogen, sogar eine Jagdtauglichkeitsprüfung hatte Bruno abgelegt. Aber inzwischen war Onkel Herbert weggezogen. Seine Exfrau Lydia, die Schwester von Franziskas Mutter, musste nach der Trennung wieder mehr arbeiten und war froh, dass sich Franziska um den Hund kümmerte. Das tat sie an den Wochentagen jeden Nachmittag, denn sie konnte den Gedanken nicht ertragen, dass Bruno den Tag allein verbringen musste. Dass ein Mann seine Frau verließ, konnte Franziska gerade noch verstehen, wenn auch nicht im Fall ihrer Tante Lydia. Aber seinen Hund zu verlassen? Wegen einer jüngeren Frau? Immerhin ein Gutes hatte

Onkel Herberts Midlife-Crisis: Nun hatte Franziska fast so etwas wie einen eigenen Hund.
Schon eine Woche war seit der gemeinsamen Bahnfahrt mit Paul vergangen. Er hatte seine Einladung auf den Hochsitz nicht konkretisiert. Ihn in der Schule anzusprechen, wagte sie nicht.
Doch das Warten war quälend! Warum hatte sie ihn nicht nach einem Zeitpunkt gefragt, gleich eine Verabredung getroffen? *Ich sag dir Bescheid.* Ganz schön arrogant, eigentlich.
Jungen in ihrem Alter hatten Franziska bis jetzt nie interessiert. Ihrer Ansicht nach waren sie in ihrer geistigen und emotionalen Entwicklung ein ganzes Stück zurückgeblieben. Ältere Jungen wiederum interessierten sich nicht für Franziska, die im Geheimen den Verdacht hegte, dass es auch bei denen nicht allzu weit her war mit der mentalen Reife. Man musste sich nur die albernen Abiturienten ansehen. Nur mit ihrem Klassenkameraden Oliver, der drei Hausnummern weiter wohnte, verband sie eine Freundschaft, die noch aus Sandkastenzeiten stammte. Er war gut in Mathe und half ihr ab und zu. Davon abgesehen war auch er ein Kindskopf.
Doch Paul war anders. Mit welchem Jungen konnte man sich schon über Hesse unterhalten? Zugegeben, mit den allermeisten Mädchen ihres Alters ging das auch nicht.
Franziska wusste, dass sie eine Außenseiterin war.
»Du bist ein Bücherwurm«, warf Katrin ihr oft vor.
Katrin war hübsch, witzig, schlagfertig und beliebt. Eigenschaften, die Franziska fehlten und die sie an Katrin bewunderte. Sie selbst war meistens um eine gute Antwort verlegen, und was ihr Aussehen anging – na ja. Erst heute Morgen hatte Franziska vor dem Spiegel im Bad gestanden und versucht, sich durch fremde Augen zu betrachten: Ihr Haar war kinnlang und

gerade geschnitten. Viel zu brav. Dann diese Farbe, dieses Mausbraun. Ob ihr ein Kastanienton stehen würde? Oder Dunkelbraun? Unsinn! Davon wird mein Gesicht auch nicht hübscher. Die Nase ist nun mal zu spitz, die Lippen sind zu schmal, die Augen katzenhaft schräg, anstatt groß und rund wie bei Katrin. *Graugrün* stand in ihrem Pass. Mausbraun, graugrün – langweilig. Und viel zu kleine Brüste. Obwohl sie beim Sport die Mädchen mit den üppigen Oberweiten bedauerte. Aber dafür wirkten die auf das pubertierende männliche Geschlecht wie Erdnüsse auf Affen. Den nicht minder attraktiven Gegenpol bildeten die magersüchtigen Rehlein; Geschöpfe wie Ute, die es prächtig verstand, mit ihrem Ich-bin-so-klein-und-zerbrechlich-Gehabe Beschützerinstinkte zu wecken.

Franziskas Figur war schlank, aber muskulös, mit ausgeprägten Waden und kräftigen Schultern. Sie war Klassenbeste im Weitsprung und konnte einen Schlagball über vierzig Meter weit werfen. Eigenschaften, die im Geschlechterkampf völlig nutzlos waren.

»Dafür bist du gebildet und kultiviert«, hatte Katrin neulich zu ihr gesagt und zum ersten Mal war Franziska der Gedanke gekommen, dass Katrin sie, Franziska, beneiden könnte: um ein Elternhaus, in dem es Bücher gab, ein Theater-Abo und eine gewisse Konsequenz in der Erziehung. Katrins Eltern waren liebe, freundliche Menschen, die in ihrer Freizeit an ihrem Reihenhäuschen bastelten – und sich von ihrer Tochter auf der Nase herumtanzen ließen. Bücher gab es bei den Pankaus nicht viele, dafür besaß Katrin einen eigenen Fernseher und stets das coolste Handy und den angesagtesten MP3-Player.

Gerne hätte sich Franziska mit ihrer Freundin beraten und sie gefragt, wie Pauls Verhalten zu verstehen sei und was sie tun sollte. Aber ausgerechnet in diesem speziellen Fall konnte

Franziska nicht auf Katrins Hilfe zählen, das sagte ihr der Instinkt.
Am Dienstag, in Kunst, hatte sich Katrin mit einer Pobacke auf Pauls Tisch gesetzt und irgendein fadenscheiniges Anliegen vorgetragen. Paul hatte die Einblicke, die das Spaghetti-Träger-T-Shirt bot, sehr wohl ausgekostet und die Tage danach hatte er sich auf dem Rückweg vom Pausenhof ins Klassenzimmer stets mit Katrin unterhalten.
Würde Katrin ihre Annäherungsversuche einstellen, wenn Franziska sie über ihre Gefühle aufklären würde? Nein. *In der Liebe und im Krieg ist alles erlaubt.* Und dann waren da ja auch noch Silke, Ute, Ann-Marie . . . Es war aussichtslos. Wahrscheinlich hatte Paul sein Versprechen – im Übrigen ein viel zu großes Wort für eine vage, zeitlich nicht definierte Verabredung – längst vergessen.
Und das sollte sie auch tun, sagte sich Franziska, während sie nun den Feldweg entlangging: ihn vergessen.
Von weiter hinten näherte sich ein Radfahrer. Franziska pfiff nach dem Hund.
»Es gefällt mir nicht, dass du stundenlang allein durch die Feldmark spazierst«, nörgelte Franziskas Mutter in regelmäßigen Abständen.
»Aber ich habe doch Bruno dabei.«
»Dieses Spielkalb! Außerdem ist er bestechlich.«
»Er sieht gefährlich aus, das reicht«, pflegte Franziska die Bedenken ihrer Mutter zu zerstreuen. Bruno war ein Deutsch Drahthaar Rüde von überaus freundlichem Wesen – sofern man ihm nicht in Gestalt einer Katze begegnete. Mit seiner kräftigen Statur, seinem rauen Fell und dem zerzausten Bart wirkte er auf Fremde Respekt einflößend, und wenn er tatsächlich einmal bellte, tat seine tiefe, volle Stimme ein Übriges.

Nein, die Spaziergänge mit Bruno würde sie sich nicht ausreden lassen, in diesem Punkt war Franziska stur, und mit Bruno dicht an ihrer Seite fürchtete sie sich vor niemandem.
Das Fahrrad kam näher, sie hörte, wie es über die Schlaglöcher klapperte. Wo blieb der Hund? Im selben Augenblick sprang Bruno aus dem Kornfeld auf den Weg. Franziska griff nach seinem Halsband. Manchmal gönnte sich Bruno nämlich den kleinen Spaß und rannte Radfahrern ein paar Meter bellend hinterher, was bisher keiner von denen lustig gefunden hatte.
Radbremsen quietschten, Reifen knirschten auf dem Kies. Franziska fuhr erschrocken herum. Bruno wuffte.
»Da bist du ja«, keuchte Paul. Er stand in einer Wolke goldenen Staubs.
»Alles in Ordnung, Bruno.« Franziska ließ das Halsband los und Paul hielt dem Hund beiläufig seine Hand hin, ohne ihn darüber hinaus zu beachten. Bruno grüßte durch kurzes Schwanzwedeln und ging dann wieder seinen Interessen nach. Pauls Umgang mit Bruno gefiel Franziska. Sie mochte es nicht, wenn sich Leute auf ihn stürzten und ihn hätschelten. Menschen, die ihn scheinbar kaum beachteten, respektierte der Hund viel mehr.
Franziska ging langsam weiter. Paul schob sein Rad neben ihr her. Er schnaufte.
»Deine Mutter hat mir gesagt, dass du hier draußen irgendwo spazieren gehst.«
»Warst du bei uns zu Hause?«
»Ich habe angerufen.«
Sie musste sich beherrschen, um nicht glückselig zu lächeln.
»Gehst du Tiere beobachten?« Franziska deutete auf das Fernglas, das um seinen Hals baumelte.
»Ja. Willst du mitkommen?«

»Gerne.«
»Und der Hund?«
»Das ist ein Jagdhund. Der ist es gewohnt, ruhig unter einem Hochsitz zu liegen.« Das war lediglich eine Vermutung, Franziska hatte es noch nicht ausprobiert. Sie gingen wortlos nebeneinanderher. Offenbar galt das Schweigegebot auch schon für den Weg zum Hochsitz.
Angenehm kühl umfing sie der grüne Dämmer des Waldes. Ein schmaler Pfad führte vom Fahrweg ins Dickicht. Paul stellte sein Fahrrad an einer Buche ab und ging den Trampelpfad voran. Ein großer Vogel flog auf und verschwand im Zickzackflug zwischen den Bäumen.
»Ein Habicht«, erklärte Paul leise.
Franziska nickte nur. Sie würde sich heute auf keinen Fall zu unüberlegtem Geplapper hinreißen lassen.
Der Hochsitz befand sich am Rand einer Lichtung. Es war eine Luxusausführung mit einer hüfthohen Brüstung und einem Dach aus Brettern. Franziska wusste von ihrem Onkel, dass solche Einrichtungen »Kanzel« hießen. Sie leinte Bruno am Fuß der Leiter an. »Platz und Ruhe!«, befahl sie und hoffte inständig, der Hund würde sich daran halten. Er winselte ein wenig als Franziska hinter Paul die Leiter erklomm, aber schließlich sank seine Schnauze seufzend ins dürre Gras.
Dann saßen sie auf der schmalen Bank. Ab und zu berührten sich ihre Jeans. In unregelmäßigen Abständen setzte Paul das Fernglas an die Augen, deutete dann in eine Richtung und gab es ihr. Meistens sah Franziska gar nichts, aber das war ihr egal. Sie konnte sich nicht erinnern, sich jemals so wohl gefühlt zu haben wie neben Paul auf der harten Holzbank. Zum Schweigen verurteilt, vom lästigen Zwang geistreicher Unterhaltung befreit, konnte sie seine Gegenwart unbeschwert genießen. Die

Geräusche des Waldes bildeten einen Klangteppich, auf dem sie selig dahinschwebte. Um das Idyll vollends komplett zu machen, tauchten ein paar Rehe am Waldrand auf. Der Wind stand günstig, sie konnten offenbar weder die Menschen noch den Hund wittern. Sie suchten auf der Lichtung nach zarten Gräsern, wobei sie immer wieder die Köpfe hoben und die Lauscher bewegten wie Radarschirme. Fast eine halbe Stunde lang dauerte die Mahlzeit, ehe die Tiere aus unerfindlichem Grund hochschreckten und im Dickicht verschwanden. Es war kühler geworden und die Schatten länger.
Wie lange würde Paul noch da oben sitzen wollen? Würden ihre Eltern sich Sorgen machen, wenn sie nicht rechtzeitig zum Abendessen kommen würde? Ihr Vater hatte einen Grillabend angekündigt. Verdammt, warum hatte sie ihr Handy nicht dabei? Darauf bestand ihre Mutter immer wieder, aber meistens vergaß Franziska das lästige Ding. Wenn Paul zu Hause angerufen hat, werden sie sich denken, dass ich mit ihm zusammen bin, und sich keine Sorgen machen, beruhigte sie sich. Man kann eben nicht immer auf alle Rücksicht nehmen.
Seine Schulter berührte die ihre. Franziska hielt den Atem an und bewegte sich nicht. Er neigte den Kopf, seine Haare kitzelten ihren Hals. Franziska fühlte, wie ein Beben durch ihren Körper ging. Gleich würde er sie küssen! Sie schielte auf sein Gesicht hinab. Eine Locke ringelte sich malerisch über die glatte Stirn, seine Lippen waren leicht geöffnet – er war eingeschlafen.
Was jetzt? Sollte sie ihn wecken? Ob ihm das peinlich sein würde? Sie studierte sein Gesicht aus nächster Nähe: die langen dunklen Wimpern über den zarten Lidern, die makellose helle Haut, die weich geschwungenen Lippen, darüber ein kaum sichtbarer Haarflaum, das männlich kantige Kinn. Wie ein ge-

fallener Engel, dachte sie und genierte sich sofort für diesen kitschigen Gedanken. Fast automatisch fuhr ihre rechte Hand durch sein Haar, das sich überraschend weich anfühlte und nach Laub roch. Sein Kopf lastete schwer auf ihrer linken Schulter, allmählich verkrampften sich ihre Muskeln. Plötzlich schlug er die Augen auf, sein Blick flackerte sekundenlang orientierungslos, ehe er den ihren auffing. Die Locken glitten ihr aus den Fingern. Paul setzte sich auf.

»Entschuldige«, murmelte er. »Ich bin eingeschlafen.«

»Macht nichts«, sagte Franziska. Ihre Stimme klang rostig, als hätte sie sie lange Zeit nicht benutzt.

Er nahm ihre Hand, die eben noch sein Haar gestreichelt hatte, und betrachtete sie interessiert. Dann neigte er den Kopf und platzierte einen federleichten Kuss auf ihren Handrücken.

»Wir müssen gehen«, sagte er und ließ ihre Hand los.

Franziska spürte seine Lippen auf ihrer Haut, wie eine Brandwunde. Mit steifen Beinen kletterten sie die Leiter hinunter. Bruno begrüßte sie freudig.

Auch auf dem Rückweg redeten sie nicht viel. Es war auch nicht notwendig. Franziska spürte eine nie gekannte Vertrautheit. Nur eine Frage musste sie unbedingt loswerden: »Kommst du nächstes Wochenende mit zum Blauen See?«

»Was ist da?«

»Das traditionelle Zeltwochenende der Oberstufe. Ab der Zehnten darf man mitmachen.«

»Klingt gut«, sagte er. »Ein Zelt hab ich.«

Franziskas Herz machte einen Hüpfer. Sie fragte sich, ob sie ihn zu sehr überrumpeln würde, wenn sie ihn noch zu sich nach Hause einlud. Es war kurz vor neun, der Grill sicher noch warm, und ihre Eltern würden weniger maulen, wenn sie den Grund ihrer Verspätung gleich mitbringen würde. Aber kaum hatten sie die ersten Häuser erreicht, blieb er stehen und fragte: »Macht es dir was aus, allein nach Hause zu gehen? Ich bin schon spät dran.«

»Nein«, log Franziska.

»Schön. Also, bis dann.« Er strich Bruno über den Kopf, nickte Franziska zu, stieg auf sein Rad und fuhr eilig davon.

»Bis dann«, murmelte sie. Ihr war, als hätte man sie gerade unter eine eiskalte Dusche gestellt.

Doch die Enttäuschung verflog rasch. Die folgenden Tage verbrachte Franziska unter Hochspannung. Mit bangem Blick verfolgte sie den Wetterbericht. Gott sei Dank, die Prognose für das Wochenende war gut. Sie sah sich und Paul aneinandergeschmiegt am Feuer sitzen, im See schwimmen, gemeinsam in seinem Zelt aufwachen . . . Zweimal wurde sie von Frau Holze-Stöcklein, der Deutschlehrerin, mit lästigen Fragen, die sie nicht mitbekommen hatte, aus ihren Tagträumen gerissen. Dass sich Paul in der Schule ihr gegenüber nicht wesentlich anders verhielt als vorher, beunruhigte Franziska nicht allzu sehr. Denn hin und wieder, ganz versteckt und unbemerkt von den anderen, sah er zu ihr hin oder lächelte ihr sogar zu. Dieses Lächeln! Wie viel Verheißung darin lag. Sie begriff: Paul wollte nicht, dass man in der Schule etwas über sein Privatleben wusste. Das war in Ordnung. Auch Franziska fand es lächerlich, wenn Pärchen auf dem Schulhof händchenhaltend oder wild knutschend demonstrierten, dass sie miteinander »gingen«. Gerade bei denen war die Liebe dann meist sehr schnell zu Ende, und was blieb, war ein peinliches Einanderausweichen. Deshalb hatte sich Franziska hoch und heilig geschworen: nie mit einem Klassenkameraden! Am besten keinen aus der Schule. Doch da hatte sie Paul noch nicht gekannt.

Auch Katrin fiel die Veränderung an ihrer Freundin auf. »Was ist los, hast du dich verknallt?«
Verknallt? Ja, das hatte sie wohl. Aber mit Katrin konnte sie auf keinen Fall darüber reden.
»Wieso? Ich habe eine neue Frisur, das ist alles«, antwortete Franziska deswegen, allerdings mit einem verräterischen Strahlen in den Augen.
Der neue Stufenschnitt verlangte nach einem gewissen Aufwand mit Föhn und Bürste. Das hieß zehn Minuten früher aufstehen. Aber das machte nichts, sie konnte neuerdings ohnehin nicht gut schlafen.
»Wer ist denn der Glückliche?«, bohrte Katrin weiter.
»Niemand«, antwortete Franziska. Spätestens am Blauen See würden Katrin schon die Augen aufgehen. Das wäre früh genug.
Vor Aufregung und Vorfreude konnte sie kaum noch etwas essen. »Bist du auf Diät?«, fragte ihre Mutter mit süffisantem Lächeln.
Franziska verneinte.
»Gibt es sonst etwas in deinem Leben, das ich als deine Mutter erfahren müsste?«
Auch das bestritt Franziska.
Das Donnerwetter wegen des Zuspätkommens am Samstag war erstaunlich milde ausgefallen. Vielleicht, weil ihre Tante Lydia zu Besuch gewesen war. »Lass das Mädel doch mal ein Rendezvous haben«, hatte sie zu ihrer jüngeren Schwester Frauke gesagt. »Wenn ich mich recht erinnere, hattest du dein erstes mit dreizehn.«
»Hört, hört«, hatte ihr Vater bemerkt und seine Frau mit einem Ausdruck gespielten Befremdens betrachtet.
Tatsächlich schienen Franziskas Eltern eher erleichtert darüber zu sein, dass sich ihre Tochter endlich mal mit einem Jungen

herumgetrieben hatte. Hegten sie etwa die Sorge, sie würde keinen abbekommen?
Doch im Grunde war es Franziska egal, was ihre Eltern dachten. Was zählte, war Paul. Paul, Paul, Paul. Immer wieder wanderten ihre Lippen über die Stelle, auf die er seinen Handkuss gedrückt hatte. Dann bekam sie am ganzen Körper Gänsehaut.

3

Die Nacht war sternklar und der Vollmond versilberte die Blätter der Bäume, zwischen denen sie die Zelte aufgeschlagen hatten. Franziska stocherte mit einem Stock in der Glut des Lagerfeuers. Außer ihr saß noch ein knappes Dutzend Schüler, die meisten aus ihrem Jahrgang, um das Feuer. Der Rest hatte sich einzeln oder pärchenweise in die Zelte verkrümelt. Etliche Ältere waren vorhin in eine Disco gefahren.
Ein Joint machte die Runde. Franziska gab ihn weiter. Es ekelte sie zu sehr vor dem spuckefeuchten Papier. Außerdem hielt sie eh nicht viel von dem Zeug.
»Willst 'n Schluck?«
Oliver setzte sich neben sie und reichte ihre eine Flasche. Der Inhalt schmeckte wie Limonade, nur eine Spur Alkohol konnte man wahrnehmen. Franziska leerte die kleine Flasche fast in einem Zug. Ihr gegenüber saß Robert aus der Elften, den Katrin seit kurzem als ihren »Ex« bezeichnete. Er hob feierlich die Hand und verkündete: »Ey, Leute, ich sach euch was: Katrin iss voll die Schlampe.« Ein Rülpser bahnte sich seinen Weg, ehe er bekräftigte: »Voll die geile Schlampe, ey.«
»Das kannst du laut sagen«, piepste Silke und schenkte Robert einen langen Blick aus ihren kajalumrandeten Augen.

Franziska mochte weder Silke noch Robert sonderlich, aber ausnahmsweise war sie heute Abend ganz deren Meinung. Zum wiederholten Mal wischte sie sich mit dem Ärmel ihres Sweatshirts über Nase und Augen.

Nicht heulen. Keiner ist es wert, dass man seinetwegen heult. Das sagte sie sich immer wieder, wie ein Mantra. Nein, ich heule nicht. Es ist nur der Rauch, den mir der Wind in die Augen treibt, nur der Rauch ... Sie merkte, wie der Alkohol wirkte. Die Gesichter der anderen zerrannen zu unscharfen Fratzen, und wenn sie die Augen schloss, drehte sich die Welt wie ein Karussell. Es war ihr egal.

Silke zog den Gettoblaster heran und drückte auf die Wiedergabetaste. *Die Red Hot Chilli Peppers* schepperten aus dem Gerät.

Franziska wischte genervt Olivers Arm von ihrer Schulter. »Lass das!«

Am liebsten wollte sie nach Hause. Aber natürlich ging das jetzt nicht, mitten in der Nacht.

Silke und Robert tranken nun abwechselnd aus einer Flasche mit Wodka und einer mit Bitter Lemon. Das Mischen des Getränks übernahmen sie küssenderweise. Es war eine einzige klebrige Schweinerei, unappetitlich, widerlich, fand Franziska. Sie wollte allein sein.

Im Aufstehen wunderte sie sich, wie wackelig ihre Beine waren. Dieses Limonadenzeugs, das sie seit Einbruch der Dämmerung trank, hatte es wirklich in sich. Auch Paul schien zu viel davon erwischt zu haben – hätte er sich sonst schon um zehn Uhr mit den Worten »Ich bin hinüber, ich leg mich ins Zelt« zurückgezogen?

Bis dahin hatte er sich nur in sehr freundschaftlich korrekter Weise mit ihr abgegeben: Er hatte geholfen, die Heringe von

Franziskas Zelt im Boden zu verankern, aber das hatte er auch bei anderen getan.
Zusammen mit Katrin und Silke waren Franziska und Paul zum Kiosk gegangen, ein Eis essen. Silke hatte – angeblich der Hitze wegen – ihr T-Shirt nass gemacht und der ganze Campingplatz konnte sehen, dass sie darunter kein weiteres Textil trug. Katrin war für ihre Verhältnisse züchtig gekleidet, ließ jedoch ihre Zunge auf höchst ordinäre Art um ihr Waffeleis kreisen. Dabei sah sie Paul mit einem lasziven Blick an. Franziska war felsenfest davon überzeugt, dass Paul niemals auf so ein lächerliches Balzgebaren hereinfallen würde, und schämte sich für die beiden.
»Du bist peinlich«, sagte sie zu Katrin auf dem Rückweg.
Katrin fixierte sie aus schmalen Augen. »Was juckt dich das? Stehst wohl auf Paul, was? Aber ich sag dir was: Der ist ein paar Nummern zu groß für dich.«
Überrascht von der Vehemenz, mit der Katrin auf sie losging, hatte Franziska die Kampfansage zur Kenntnis genommen. Freundinnen – das war von diesem Moment an Vergangenheit.
»Ich geh schlafen«, murmelte Franziska nun zu niemand Bestimmtem.
»Ich komm mit«, verkündete Oliver grinsend.
»Das wüsste ich aber«, sagte Franziska giftig.
»Was ist eigentlich mit dem traditionellen Nachtschwimmen?«, fragte Silke und wischte sich Wodka vom Kinn.
Franziska zuckte nur mit den Schultern. Ihr war es egal, sie wollte nicht schwimmen, sie wollte nur noch ihre Ruhe und schlafen. Sie war mehr als enttäuscht von diesem Wochenende. Im Grunde schien es nur darum zu gehen, wer mit wem schlief, und der Rest übte sich im Koma-Saufen.
Vorsichtig setzte Franziska ihre Schritte um die Zeltschnüre.

Um Pauls gelbes Zelt machte sie einen großen Bogen. Hatte Katrin etwa geglaubt, es würde niemand merken, wie sie sich kurz nach Pauls Verschwinden kommentarlos davonschlich und ihm in sein Zelt folgte? Aber vermutlich war ihr das völlig egal.

Franziska ließ ihren Tränen nun freien Lauf. Jetzt sah es ja keiner mehr. Sie holte das Waschzeug aus ihrem Zelt und machte sich auf den Weg zu den Sanitäranlagen. Bis dahin musste sie ein gutes Stück gehen, die Verwaltung des Campingplatzes hatte den alljährlich wiederkehrenden Schülern wohlweislich eine große Wiese im hintersten Teil des Platzes zugewiesen. Franziska fühlte Übelkeit aufsteigen und ging schneller. Durch den Tränenschleier glaubte sie Pauls Schwester Alexandra zu erkennen, die ihr mit einer Sporttasche unter dem Arm entgegenkam. Auch so ein Bruch der Regel, Alexandra ging schließlich erst in die Neunte, was hatte sie hier zu suchen? Franziska gestattete sich ein boshaftes Lächeln bei der Vorstellung, wie Pauls Schwesterchen womöglich gleich in sein Zelt platzen würde. Überraschung, Überraschung ... Das Mädchen war nun auf ihrer Höhe. Mit gesenktem Kopf, das Gesicht hinter einem strähnigen Haarvorhang verborgen, kam sie den Weg entlang.

»Hallo.« Franziska hob die Hand zum Gruß, aber das Mädchen reagierte nicht. Es war auch gar nicht Alexandra, und auch kein Mädchen, es war eine fremde, erwachsene Frau. Gott, bin ich besoffen, registrierte Franziska, hoffentlich schaffe ich es noch bis zu den Klos.

Kurz darauf hing sie über einer der Toiletten und würgte die Drinks und den Kummer der vergangenen Stunden aus sich heraus. Auf dem Rückweg fühlte sie sich schon besser.

Zum Teufel mit Paul! Und mit Katrin sowieso.

Franziska wusste nicht, wie lange sie auf ihrem Schlafsack gelegen hatte – es war zu warm, um zugedeckt zu schlafen –, als es draußen laut wurde. Autos hielten, Türen schlugen, Bässe wurden abgewürgt, Gelächter. Die Disco-Mannschaft war zurück.

Sie erschrak, als eine Faust gegen ihre Zeltwand donnerte. »Los, Franziska, Nachtschwimmen!«, rief Oliver.

Warum eigentlich nicht? Das Leben geht weiter, dachte sie trotzig und schlüpfte in ihren Badeanzug. Eine Gruppe von dreißig oder vierzig Leuten machte sich auf den Weg ans Wasser.

»Pscht, leise«, ermahnten sie sich unter viel Gekicher und Gequietsche. Einige der Mädchen hatten auf das Bikinioberteil verzichtet und trugen nur ihre Handtücher um die Schultern. Ob das auch zur Tradition gehörte?

Ihr fielen die Ermahnungen ihrer Eltern ein: ... *und geh nicht schwimmen, wenn du was getrunken hast. Am besten wäre es, du würdest keinen Alkohol trinken, aber man weiß ja, wie es auf solchen Festen zugeht* ... Und ob die das wussten! Franziska hatte früher gelauscht, wenn Freunde ihrer Eltern zu Besuch waren und man zu fortgeschrittener Stunde in Erinnerung an *sex and drugs and rock'n'roll* schwelgte.

Ganz vorn sah sie Katrin, sie trug lediglich eine Bikinihose und Flip-Flops. Links und rechts neben ihr gingen Ute und Ann-Marie. Wo war Paul? Sie sah ihn nicht. Das war ihr ganz recht. Sie wollte weder ihm noch Katrin begegnen und ließ sich ans Ende des Trupps zurückfallen. Oliver stolperte neben ihr her. Immer wieder trat er auf die Schnürsenkel seiner Sportschuhe. Sie würde auf ihn aufpassen müssen, damit er im Suff nicht unterging.

4 Katrin erschauderte kurz, als das Wasser ihren Bauch berührte. Die meisten waren kreischend in den See gerannt. Sie ging zügig, Schritt für Schritt. Dann, als ihr das Wasser bis zur Taille reichte, ließ sie sich hineingleiten. Nach ein paar kräftigen Schwimmzügen war es angenehm, wie das kühle Wasser über ihre warme Haut strich.

»Ich bin zu müde zum Schwimmen«, hatte Paul behauptet. Er hatte sie ohnehin ziemlich gleichgültig behandelt. Fast so, als würde er eine lästige, aber unvermeidliche Sache möglichst rasch hinter sich bringen wollen. Dass ein sogenannter Liebesakt mit so wenig Gefühl verbunden sein konnte, war für die im Grunde romantisch veranlagte Katrin eine neue, ernüchternde Erfahrung. Sie kam sich benutzt vor. Selbst schuld, gestand sie sich ein. Manchmal verstand sie nicht, was sie dazu trieb, sich den Typen geradezu an den Hals zu werfen. Sie brauchte diese kleinen Siege, sie war süchtig danach und bereit, jedes Opfer zu bringen. Sie war wie eine Jägerin, die sich nach der Anerkennung durch ihre Beute sehnte. Denn Anerkennung bekam sie sonst nirgends. Katrin schrieb recht ordentliche Noten, aber das war ihren Eltern eher suspekt. Eine Tochter, deren Intellekt es rechtfertigte, dass sie dreizehn Jahre lang zur Schule ging und dann womöglich noch studieren wollte, stellte eine enorme Belastung für den Familienhaushalt dar. Die Pankaus hätten es lieber gesehen, wenn ihre Tochter eine Lehre gemacht hätte. *Die heiratet ja doch*, dachten sie, auch wenn sie es nicht aussprachen und vor anderen so taten, als seien sie stolz auf ihre kluge Tochter.

Katrin war bis zur Pubertät ein ruhiges Kind gewesen, das bemüht war, nicht aufzufallen. Womit auch, sie hatte wenig vorzuweisen. Aber mit dreizehn, vierzehn Jahren gab es auf einmal doch etwas, das sie vielen anderen voraushatte: Sie war hübsch geworden. Plötzlich starrten Jungs und Männer ihr hinterher und die Mädchen bewunderten und beneideten sie. Ihr Aussehen war nun also ihr Kapital, und so wie es Dagobert Duck bisweilen dazu drängte, in seinem Geldspeicher zu baden, drängte es Katrin, sich ihre Anziehungskraft bestätigen zu lassen.

Paul war eine Eroberung der Extraklasse. Silke war jetzt sicher stinksauer. Bildete sich weiß Gott was ein, weil sie es mal bei *Popstars* bis in die zweite Runde geschafft hatte. Und dann auch noch Franziska. Sonst nie was von Jungs wissen wollen, den ganzen Tag nur »anspruchsvolle« Bücher lesen – und den dicksten Fisch im Teich angeln wollen. Jeden anderen hätte sie ihrer Freundin gegönnt, wirklich. Aber nicht Paul, sagte sich Katrin, während sie immer weiter auf den dunklen See hinausschwamm. Sie schwamm gerne. Es war befreiend, dieses fast schwerelose Dahingleiten. Sie erreichte die Boje und hielt sich kurz daran fest. Hier draußen war sie fast allein. Nur rechts von ihr schwamm ein Pärchen, aber die beiden bewegten sich im Bogen weg von ihr. Zu ihrer Linken dümpelte das kleine Ruderboot, das mit einem Seil an der Boje hing. Es war windstill und das Wasser fühlte sich samtweich an. Sie vernahm ein Plätschern hinter sich und aus dem Augenwinkel war ihr, als würde ein dunkler, unförmiger Schatten auf sie zugleiten. Aber im nächsten Augenblick war nichts mehr zu sehen. Nur ein paar Wellen schlugen an ihren Hals. Für einen Moment hatte sie gehofft, dass Paul doch noch gekommen war. Wenn es bloß einer dieser angesoffenen Kerle war, der sie erschrecken wollte, dann nur zu! Dem würde sie es schon zeigen. Aber alles blieb ruhig. Sie musste sich getäuscht haben. Sie legte das Kinn auf ihre über der Boje verschränkten Arme und betrachtete das Mond-

licht auf dem Wasser. Als würde man in purem Silber baden. Die Stimmen und das Lachen der anderen schallten über den See:
»Pfoten weg!«
»Wer schneller am Floß ist . . .«
»He, meine Badehose . . .«
»Rico, du Sau!«
»Hier kommt Nessie und holt sich eine Badenixe«, hörte sie Roberts heisere Stimme und gleich darauf ertönte ein hysterisches Kreischen, das in Gekicher überging. Bestimmt Silke. Vorhin, auf dem Weg zum See, hatte Katrin sie gefragt, ob sie auch noch ein paar abgelegte Klamotten von ihr haben wollte, als Zugabe. Silke hatte sie nur böse angefunkelt. Beim Gedanken daran musste Katrin grinsen. Sie ließ die Boje los, streckte ihren Körper und ließ sich in der Tote-Mann-Stellung treiben. Ihr Kopf war fast vollständig unter Wasser getaucht, nur Nase und Augen schauten noch heraus. Jetzt sah sie noch die Sterne und den Mond. Den Schatten, der sich in ihre Richtung bewegte, sah sie nicht.

5

Silke war wütend. Katrins bissige Bemerkung über die abgelegten Klamotten – in Anspielung auf Robert – nagte an ihr. Sie hatte keine Lust mehr, mit Robert im Wasser herumzualbern, deshalb war sie eine der ersten, die aus dem See stieg. Ihr war kalt. Dennoch postierte sie sich am Ufer, in ein Badehandtuch gewickelt, wie eine römische Rachegöttin. In Gedanken legte sie sich ein paar schneidende Bemerkungen zurecht, die sie Katrin so bald wie möglich an den Kopf werfen wollte. Robert kam bald nach ihr aus dem Wasser, sie schickte ihn unwirsch weg. Schließlich stiegen auch die Allerletzten fröstelnd aus dem See. Nur Katrin nicht. Vielleicht war sie woanders an Land gegangen, um ihr aus dem Weg zu gehen? Nun gut, dann würde sie Katrin ja gleich am Zeltplatz finden. Silke trat den Rückweg an. Ihr Zorn war durch das vergebliche Warten nicht gerade kleiner geworden.

6 Wie wohltuend die Stille unter Wasser war. Als befände man sich auf einem anderen Planeten. Vielleicht auf dem hellen Stern direkt über ihr. Als sich etwas um ihre Taille schlang, erschrak Katrin fürchterlich. Ihr Aufschrei ging buchstäblich unter. Sie schluckte Wasser. Verzweifelt versuchte Katrin, sich aus dieser eisernen Umklammerung zu winden. Sie stieß und strampelte mit den Beinen, ihre Hände krallten sich in die Arme, die sie nun an Hals und Brustkorb festhielten. Doch es war keine menschliche Haut, die sie berührte. Unaufhaltsam wurde sie in die Tiefe gezogen, dorthin, wo das Waser eiskalt war.

7 Am Feuer kreiste ein letzter Joint. Katrin war nirgends zu sehen. Silke ging mit entschlossenen Schritten zu Katrins Zelt und riss den Reißverschluss nach oben. Es war leer.
Von einer Sekunde zur anderen verflüchtigte sich Silkes Zorn und machte einer undefinierbaren Unruhe Platz. Bei Franziskas

Zelt stand der Reißverschluss ein Stück offen. Silke spähte hinein. Franziska schlief oder tat so.
»Franziska, hast du Katrin gesehen?«, fragte Silke in das Dunkel.
»Nein, und ich will sie auch nicht sehen«, kam es prompt von drinnen. Silke inspizierte nun auch Pauls Zelt. Auch das war leer. Sie ging wieder zu den anderen ans Feuer. Jetzt erst bemerkte sie Paul, der gerade an der Tüte zog, die Robert ihm reichte.
»He, Leute! Weiß jemand, wo Katrin ist?«, fragte Silke lautstark in die Runde. Kaum war der Satz verklungen, schaute sie in die erschrockenen Augen von Paul.

8 Petra Gerres wurde wach, weil ihr Mobiltelefon den Walküren-Ritt piepste. Das war der Ton, den Petra dem Ersten Hauptkommissar Udo Lamprecht zugeordnet hatte. Sie fuhr in die Höhe.
»Ja, Chef?« Ihre Stimme klang krächzend, als hätte sie die Nacht in Kneipen verbracht. Dabei war sie nur vor dem Fernseher eingeschlafen.
»Wir haben eine vermisste Person am Blauen See. Möglicherweise ertrunken. Weiblich, sechzehn Jahre alt. Seit Sonnenaufgang sind Polizeitaucher vor Ort . . .«
Noch während Lamprecht ein paar weitere Details nannte, schälte sich Petra aus der Bettdecke und stand auf.
»Nehmen Sie den Kollegen Rosenkranz mit«, befahl Lamprecht. »Und rufen Sie erst den Bericht der Kollegen vom Kriminaldauerdienst ab. Die waren schon recht fleißig und haben mit etli-

chen Zeugen gesprochen, während sie auf die Polizeitaucher gewartet haben.«

»In Ordnung«, sagte Petra. »Und Ihnen noch ein schönes Wochenende.« Sie legte auf. Ein leichter Schwindel befiel sie. Sie hätte nicht so rasch aufstehen dürfen. Und sie hätte gestern Abend nicht die ganze Flasche Rotwein trinken dürfen. Sie wankte ins Bad. Nach einer oberflächlichen Morgentoilette rief sie ihren jungen Kollegen an. Dies bereitete ihr ein gewisses sadistisches Vergnügen. Erst recht als Daniel Rosenkranz stöhnte: »Scheiße, ich bin doch gerade erst in die Kiste!«

Und vermutlich nicht allein, dachte Petra mit einer Spur Neid.

Zwanzig Minuten später saß Oberkommissarin Petra Gerres neben Kommissar z. A. – was »zur Anstellung« bedeutete – Daniel Rosenkranz auf dem Beifahrersitz und las den Bericht des Kollegen vom Kriminaldauerdienst laut vor.

»*. . . in der Nacht von Freitag auf Samstag sind gegen 1:30 Uhr etwa vierzig Schüler gemeinsam schwimmen gegangen. Zuvor war reichlich Alkohol getrunken worden, vor allem sogenannte Alcopops.*«

»Garantiert ist auch gekifft worden«, unterbrach sich Petra.

»Meinst du?«

»Klar, ich kenn das doch.« Petras Abitur lag vierzehn Jahre zurück – eigentlich eine Ewigkeit. Und doch waren die Erinnerungen noch immer sehr präsent.

»Bei uns an der Schule wurde nicht gekifft«, behauptete Daniel.

»Dann hast du's vielleicht nicht mitgekriegt«, antwortete Petra und gähnte. »Aber du gehörst ja schon zur Pillen-Generation.«

Daniel war siebenundzwanzig, sechs Jahre jünger als Petra. Er war seit zwei Monaten im Dezernat 1.1. K der Polizeidirektion Hannover, das zuständig war für *Straftaten gegen Leben/Frei-*

heit, Todesermittlungen, Vermisste, unbekannte Tote. Petra und Daniel gehörten zu Lamprechts Abteilung *Todesermittlungen.*
»Ich habe auch keine Pillen eingeworfen.«
»Warst wohl ein Musterknabe, was?« Petra las weiter: »*Die Zeugen Silvia Grob und Torsten Kampmann, zwei Abiturienten, gaben an, Katrin an einer Boje gesehen zu haben. Sie war allein. Die Boje befindet sich etwa zweihundert Meter vom östlichen Ufer entfernt. Das Paar war – allerdings in einigem Abstand – an dem Mädchen vorbeigeschwommen. Die beiden schwammen noch geschätzte einhundertfünfzig Meter weiter, dann drehten sie um. Bei ihrer Rückkehr sei die Boje verlassen gewesen. Beide gaben an, während des Schwimmens nichts gehört zu haben, insbesondere keinen Schrei aus der Nähe der Boje. Da aber gleichzeitig über den ganzen See der Lärm der herumalbernden Schüler zu hören war, ist zu bezweifeln, ob sie einen solchen Schrei explizit wahrgenommen hätten. Weder auf dem Hinweg noch bei ihrer Rückkehr haben sie andere Schwimmer in der Nähe des Mädchens bemerkt. Vermisst wurde Katrin Pankau zuerst von ihrer Klassenkameradin Silke Meyer. Danach habe eine ebenso hektische wie unkoordinierte Suchaktion begonnen, bis schließlich ein Klassenkamerad die Polizei gerufen hatte. Dieser Anruf ist um 2:46 bei der Notrufleitstelle eingegangen . . .*«
»Wir sind da«, sagte Daniel. »Auf in den Kampf.«
Petra stieg aus und streckte ihre müden Glieder. Die Sonne stand schon hoch am Himmel. Es würde ein strahlender sonniger Tag werden.

Glatt wie ein Spiegel lag der See da. Nur zwei Motorboote mit der Aufschrift POLIZEI befanden sich auf dem Wasser. An den Rändern des Gewässers herrschte jedoch rege Betriebsamkeit.

Der Strand war auf der gesamten Länge des Campingplatzes mit einem rot-weißen Band abgesperrt. Drei Streifenwagen standen mit rotierendem Blaulicht davor, außerdem ein Notarztwagen, eine Ambulanz, die Feuerwehr. Trotz der vielen Menschen, die sich hinter dem Absperrband versammelt hatten, war es unheimlich still. Petra sah in die betretenen, müden Gesichter zahlreicher Jugendlicher.

Rund um den See waren Polizisten und Feuerwehrmänner mit der Suche beschäftigt. Zwei Hundeführer kamen gerade mit ihren Tieren zurück.

Ein Kollege von der Streife begrüßte die beiden Kripobeamten.

»Bis jetzt haben wir noch nichts«, sagte er. »Scheiße, schon der dritte Badeunfall in diesem Sommer.«

Abwarten, dachte Petra. Noch bestand Hoffnung. Es waren ja erst – sie sah auf die Uhr – fünf Stunden vergangen, seit Eingang des Notrufs. Vielleicht schlief die Kleine ja nur irgendwo ihren Rausch aus.

»Meinst du, ich kann mir mal kurz einen Kaffee am Kiosk da drüben holen?« Daniel wies in Richtung Campingplatz.

»Ja, geh nur. Das hier kann dauern. Bring mir einen mit. Ohne Zucker, viel Milch.«

Petra trat ans Ufer. Das da musste die Boje sein, die in dem Bericht erwähnt worden war.

Ein Kollege von der Streife kam auf sie zu, das Funkgerät am Ohr. Er winkte Petra heran.

»Ihr kommt genau richtig. Sie haben was gefunden.«

Petra verspürte einen Anflug von Übelkeit. Sie schloss für einen Moment die Augen, atmete tief durch und wappnete sich innerlich für den Anblick, der sie gleich erwarten würde.

»Veranlassen Sie bitte, dass man die Leute hier wegbringt. Ich verständige schon mal den Rechtsmediziner.«

9 Es war Sonntag. Franziska lag auf dem Bett in ihrem Zimmer und starrte an die Decke. Sie hatte die Tür abgeschlossen und die Stöpsel des MP3-Players in den Ohren. Die Songs von *Patrice* sollten eine Barriere zwischen ihr und der Welt errichten, aber es klappte nicht so richtig. Unaufhörlich kreisten ihre Gedanken um die Geschehnisse, Fragen und Vorwürfe stürzten auf sie ein.
Hätte ich mich nicht aufgeführt wie eine eifersüchtige Gans, wären Katrin und ich bestimmt zusammen geschwommen. Was immer geschehen war, es wäre vielleicht nicht passiert. Ich hätte Hilfe holen können, ich hätte sie retten können . . .
Krampfhaft versuchte Franziska, die Abläufe zu rekonstruieren: Ich bin ins Wasser gegangen, ich war eine der Letzten, absichtlich. Da war Katrin schon längst im See. Habe ich sie hinausschwimmen sehen? Ich weiß es nicht. Mir war kalt und langweilig. Ich bin hin und her geschwommen, habe dabei den anderen zugesehen, wie sie sich bespritzten und untertauchten. Ich habe auf Oliver aufgepasst, der mir reichlich betrunken vorkam. Oliver ist bald wieder an den Strand gegangen. Später war Robert mit zwei Mädchen aus seiner Klasse beschäftigt. Wo war Silke? Wann hatte Robert das Wasser verlassen? Warum war Paul nicht beim Schwimmen dabei? Wo war er gewesen?
Was war da draußen in der Dunkelheit mit Katrin geschehen? Hatte sie Krämpfe bekommen, einen Herzanfall, hatte es was mit zu viel Alkohol zu tun? War Katrin tot, weil sie, ihre angebliche Freundin, nicht an ihrer Seite gewesen war?

10

Dr. Kretschmer war ein untersetzter Mann Mitte vierzig mit flammend roten Haaren und gerade dabei, einer männlichen Leiche die Schädeldecke zu öffnen. Er stellte die kleine Kreissäge ab, als er Oberkommissarin Gerres bemerkte.

»Welch ein angenehmer Besuch«, rief er und streifte die Latexhandschuhe ab. »Nur herein«, winkte er Petra heran.

Die Rechtsmedizinische Abteilung der Medizinischen Hochschule Hannover erinnerte Petra Gerres immer an den Duschraum einer Schulturnhalle aus den Sechzigerjahren: weiß geflieste Wände, gesprenkelter Steinboden, eine Atmosphäre der Kälte. Es gab drei stählerne Seziertische, im Moment war nur einer davon belegt.

»Leider kein schöner Anlass, wie immer«, meinte Petra und rieb ihre schmerzende Rechte. Kretschmers Händedruck war geeignet, einem die Mittelhandknochen zu brechen.

Vor einer Stunde hatte Petra das Obduktionsprotokoll erhalten. Zum Glück hatte sich Daniel Rosenkranz dazu bereit erklärt, als Vertreter der Ermittlungsbehörde der Obduktion beizuwohnen. Natürlich nicht ohne den Hinweis »Dafür hab ich aber was gut bei dir!«.

Dem Bericht nach war das Mädchen ohne jeden Zweifel ertrunken, ihre Lungen waren mit Seewasser gefüllt. Kein Hinweis auf einen Herzinfarkt oder einen Schlaganfall.

Am Ende des Berichts war Petra auf etwas Auffälliges gestoßen. Sie hatte in der Rechtsmedizin angerufen und ihren Besuch angekündigt.

Nun folgte sie Kretschmer in den angrenzenden Raum. Die sechsunddreißig Kühlkammern nahmen zwei Wände ein. Dazwischen stand ein Hubwagen.

Kretschmer zog eine der unteren Boxen heraus und Petra betrachtete die nackte Tote. Als man sie aus dem See gefischt hatte, war ihr Haar nass und der Körper schlammverschmiert gewesen. Nun waren Haut und Haar gesäubert worden und man sah, dass das Wasser kaum Spuren an der Leiche hinterlassen hatte. Dafür aber die Obduktion: Eine Y-förmige Naht verunzierte den Oberkörper. Katrin Pankau schien auf eine etwas vordergründige Art hübsch gewesen zu sein: gut entwickelte Brüste, eine Taille wie eine Sanduhr. Die Haut war gebräunt, auch wenn sie jetzt, im Neonlicht, wächsern wirkte. Langes, gesträhntes Blondhaar, Schmollmund. Die Zähne standen etwas schief. Vielleicht hatten die Eltern kein Geld gehabt, um diesen kleinen Makel auszumerzen. Mit etwas Aufwand und Make-up hatte das Mädchen sicherlich dem gängigen Schönheitsideal mehr als entsprochen. Dem männlichen Ideal vor allen Dingen.

»Ein hübsches Mädchen«, bemerkte der Rechtsmediziner denn auch prompt.

»In Ihrem Bericht steht etwas von Hämatomen«, nannte Petra den Grund ihres Besuchs. »Die würde ich mir gerne mal ansehen.«

Kretschmer deutete auf die Rippen. »Sehen Sie hier. Diese roten Flecken. Und dort ebenfalls, an den Oberarmen und am Hals.«

Petra betrachtete die dunkel verfärbten Stellen, auf die der Arzt deutete.

»Würgemale?«

»Nein, gewürgt wurde sie nicht. Nur festgehalten.«

»Gibt es keine Kratzspuren von Fingernägeln am Körper?«

»Nein, sonst hätte ich das schon erwähnt«, sagte Dr. Kretschmer, während Petra nachdenklich die rot lackierten Nägel des Mädchens betrachtete.

»Hautpartikel unter ihren Fingernägeln?«

»Nichts Brauchbares. Wasserleichen sind immer ein Desaster, was die Spurenlage angeht.«
»Was ist das?« Die Kommissarin deutete auf den geröteten Nabel des Mädchens.
»Ich zeig's Ihnen.« Er ging hinüber in den Sektionsraum und kam mit einer silbernen Spinne von der Größe einer Ein-Euro-Münze zurück. »Ein Bauchnabel-Piercing. Es hatte sich entzündet. Kann mir mal einer sagen, warum sich hübsche Mädchen so was antun? Oder haben Sie etwa auch eins?«
Der Mediziner sah Petra abwartend an und grinste dazu süffisant.
»Sie werden in Ihren kühnsten Träumen nicht erraten, wo ich mein Piercing trage«, schwindelte Petra und grinste zurück. Dann wurde sie wieder ernst. »Diese Hämatome . . . könnten das Spuren eines Kampfes sein?«
»Das ist nicht auszuschließen«, meinte der Mediziner.
»Aber?«, sagte Petra.
»Nun, es könnte sich auch um sehr leidenschaftlichen Sex handeln.«
»Das müsste dann aber schon recht wild zugegangen sein«, meinte Petra Gerres.
»Weiß man's?«, antwortete Dr. Kretschmer lakonisch. »Die Jugend von heute . . . Immerhin hatte sie ja auch schon ganz schön was intus.«
Dem Protokoll nach hatte Katrin Pankau zum Zeitpunkt ihres Todes – den der Mediziner zwischen ein und drei Uhr in der Nacht angab – etwa 1,2 Promille Alkohol im Blut gehabt. Keine Spuren von Drogen.
1,2 Promille, grübelte die Kommissarin. Ein ordentlicher Rausch für eine Sechzehnjährige, aber sicher kein Vollrausch. Man müsste wissen, ob das Mädchen Alkohol gewohnt war. Die

Eltern bestritten das. Aber was wussten Eltern schon über ihre halbwüchsigen Kinder? Meistens erschreckend wenig.
Sie wandte sich ab. »Danke«, sagte sie zu Dr. Kretschmer.
»Dafür nicht«, sagte der und schob den Leichnam wieder an seinen Platz.

11

Der Sechzehnjährige, der Petra Gerres im Vernehmungsraum gegenübersaß, wirkte angespannt, dabei aber beherrscht und selbstsicher. Normalerweise fragte Petra bei Jugendlichen dieses Alters, ob sie sie duzen durfte. Aber Paul Römer wirkte so erwachsen, dass Petra das Sie ganz automatisch über die Lippen kam.
»Sie waren am vergangenen Freitag zuletzt mit Katrin Pankau zusammen«, begann sie die Befragung.
»Nein.«
»Es gibt Zeugenaussagen.«
»Ich war nicht der Letzte, der sie gesehen hat. Sie ist mit einer ganzen Meute schwimmen gegangen. Die waren die Letzten.«
Punkt für ihn, musste Petra zugeben.
»Warum sind Sie nicht mitgegangen?«
»Ich war zu müde. Ich hatte seit dem Nachmittag getrunken.«
»Wie war ihr Verhältnis zu Katrin Pankau?«
»Sie war eine Mitschülerin.«
»Mehr nicht?«
»Ich bin erst seit fünf Wochen an dieser Schule.«
»Aber Sie haben einige Stunden mit Katrin Pankau in Ihrem Zelt verbracht.«
»Ja. Und? Das ist doch nicht verboten, oder?« Das klang trotzig.

Offenbar befand sich hinter seiner reifen Fassade ein verunsicherter Jugendlicher, dachte Petra mit einem Anflug von Sympathie. Ein attraktiver Junge. Sicher der Schwarm des Jahrgangs.
»Sie sind also nicht miteinander ›gegangen‹, wie man so sagt?«
»Nein.«
»Waren Sie in Katrin verliebt?«
Paul schüttelte unwirsch den Kopf. »Mein Gott, ich war halt betrunken und sie hat es darauf angelegt. So was kommt vor, oder?«
»Hören Sie, Herr Römer. Paul.« Petra beugte sich über den kleinen Tisch und sah dem Jungen mit ernster Miene in die blauen Augen. »Es geht hier nicht um Moral oder um Ihr Liebesleben. Aber es ist möglicherweise ein Mord geschehen und ich . . .«
»Ein Mord?« Die Worte kamen laut und erschrocken. Zum ersten Mal zeigte sich Unsicherheit in Pauls Miene. »Wieso denn ein Mord? Ich denke, sie ist ertrunken?«
»Das will ich Ihnen gerade erklären. Katrin hatte an einigen Stellen des Körpers Hämatome. Also blaue Flecken . . .«
»Ich weiß, was Hämatome sind.«
»Gut. Ich möchte von Ihnen wissen, ob Ihre . . . Aktivitäten im Zelt zu blauen Flecken an Oberarmen, den Rippen und am Hals geführt haben könnten. Aus Leidenschaft, sozusagen. Haben Sie verstanden, was ich meine?«
»Ja. Ich meine, nein. Wir haben nichts gemacht, wovon man blaue Flecken bekommen könnte.« Er blickte verlegen auf die Tischplatte. »Es war Katrin, die unbedingt . . . also, sie ist zu mir ins Zelt gekommen. Ich habe eigentlich nicht viel dazugetan.«
Petra nickte. »Wo waren Sie in der Zeit, als die anderen schwimmen waren?«
Paul schluckte, dann sagte er mit bemühter Ruhe: »Zuerst im

Zelt, ich habe geschlafen. Als ich die Ersten vom Schwimmen zurückkommen hörte, bin ich wach geworden und habe mich ans Feuer gesetzt.«

»Wer war da noch?«

»Die meisten kannte ich nicht. Wie gesagt, ich bin ja noch nicht so lange an der Schule. Ein paar aus der Elften hockten da rum und haben . . .« Er unterbrach sich.

»Haben was?«

»Gekifft«, seufzte Paul.

»Sie auch?«

»Ja. Aber ich habe nichts davon gespürt.«

»Gewohnheit?«

»Nein. Es wirkt bei mir einfach nicht. Leider«, setzte er hinzu.

»Ist Ihnen nicht aufgefallen, dass Katrin nicht vom Schwimmen zurückgekommen ist?«

»Nein. Erst als Silke mich fragte, ob ich wüsste, wo Katrin sei. Dann haben wir angefangen, sie zu suchen. Erst nur ein paar, dann alle, die noch wach waren. Als das nichts gebracht hat, haben wir beschlossen, die Polizei anzurufen.«

Einige Sekunden verstrichen, dann flüsterte Paul: »Glauben Sie wirklich, dass sie ermordet worden ist?«

»Wir glauben gar nichts. Wir ermitteln«, antwortete die Kommissarin.

12

»Glaubst du, dass es einer von uns war?«, fragte Franziska. Sie und Oliver radelten langsam nebeneinanderher. Der Vormittag in der Schule war genauso bedrückend gewesen wie der gestrige. Sogar noch schlimmer. Am Montag hatte man noch annehmen dürfen, Katrin sei ertrunken. Folglich war der Zeitung das Ereignis nur eine kleine Meldung im Lokalteil wert gewesen. Heute Morgen jedoch hatte groß in der *Hannoverschen Allgemeinen* gestanden, dass die Polizei von einem Verbrechen ausging. Die *Bild Hannover* titelte sogar: *Mord unter Schülern?*

»Paul musste gestern zur Polizei«, sagte Oliver.

»Ja, und?«, erwiderte Franziska gereizt. »Ich muss heute auch noch zur Polizei. Du auch, und Silke und die anderen.«

»Was regst du dich so auf?«

»Ich reg mich nicht auf.«

»Stehst wohl auf Paul, was?«

»Blödsinn! Aber wo wir gerade dabei sind: Warum sollte Paul Katrin umbringen?«

»Was weiß ich? Vielleicht ist da im Zelt was schiefgelaufen. Vielleicht hat er versagt und sie hat ihn ausgelacht. Oder sie hat gedroht, allen zu verraten, dass er impotent ist. Oder dass er einen klitzekleinen Schwanz hat.«

Franziska verspürte das unwiderstehliche Bedürfnis, Oliver eine zu kleben. So wie früher. Franziska war immer einen halben Kopf größer und kräftiger gewesen als der zarte Oliver. Erst im neunten Schuljahr war er in die Höhe geschossen und nun überragte er sie um einen halben Kopf. Obwohl Oliver einen Monat älter war als Franziska, hatte sie sich schon im Sandkasten wie seine ältere Schwester gefühlt. Und ältere Schwestern mussten hin und wieder durchgreifen. Nach einer Ohrfeige oder einer Kopfnuss war Klein Oliver stets wieder umgänglich gewesen. Die letzte Züchtigung dieser Art datierte jedoch zurück in die fünfte Klasse. Ein Fehler, dachte Franziska nun.

»Auf so was Saudummes kann nur ein Kerl kommen«, schnaubte sie und trat heftig in die Pedale.

Oliver holte sie ein. »Ansonsten hättest du ein prima Motiv«, rief er ihr zu.

»Ich?«

»Eifersucht. Der Klassiker.«

»Spinnst du jetzt komplett?«

»Ach, komm! Das hat doch jeder gesehen, wie mies du drauf warst, nachdem Katrin sich mit Paul verkrümelt hatte.«

»Selbst wenn es so wäre – deswegen bringe ich niemanden um.«

»Das glaube ich dir sogar. Aber ein Motiv ist es. Und ich wette, die Bullen werden dich das auch fragen«, prophezeite Oliver.

Möglicherweise hat er recht, dachte Franziska erschrocken. Sie presste die Lippen zusammen und krampfte die Hände um den Lenker. Zum Glück waren sie schon an der Einmündung zu ihrer Straße angekommen.

»Wir sollten uns nicht gegenseitig verrückt machen«, sagte Franziska wieder beherrscht, als sie vor ihrem Haus anhielten.

Oliver grinste sie versöhnlich an. »Du hast recht. Tut mir leid, was ich gesagt habe. Irgendwie sind zurzeit alle durchgeknallt.«

»Ciao«, sagte Franziska und schob ihr Fahrrad durch das Gartentor.

»Ciao«, sagte Oliver und Franziska dachte: Er ist der einzige Freund, den ich jetzt noch habe.

13

»Katrin war also deine Freundin.« Die Kommissarin sah Franziska freundlich an. Sie war Anfang dreißig, höchstens. Sie trug Jeans zu einer weißen Bluse, ihre langen blonden Haare waren locker aufgesteckt. Recht attraktiv für eine Polizistin, fand Franziska.

»Ja.«
»Ihr habt euch alles erzählt, nehme ich an.«
Franziska schüttelte den Kopf. »Alles bestimmt nicht.«
»Nein?«, fragte Petra Gerres ungläubig.
»Nein. Ihre ewigen Geschichten mit irgendwelchen Jungs haben mich mit der Zeit nicht mehr interessiert. Und sie hat sich nicht für Bücher interessiert.«
»Aber ihr wart dennoch befreundet.«
Jetzt, wo die Kommissarin es aussprach, wunderte sich Franziska selbst darüber. Im Grunde war Franziska nicht so recht klar, warum Katrin seit dem Eintritt ins Gymnasium mit ihr befreundet war. Sie hörten dieselbe Musik und waren früher zusammen reiten gegangen, ehe Katrin die Pferde durch Jungs ersetzt hatte. Das war aber auch schon alles.
»Was meinst du – darf ich überhaupt Du sagen . . .?« Franziska nickte. »Was meinst du mit *ihren ewigen Geschichten mit Jungs?«*
Na, bestens! Jetzt stelle ich meine tote Freundin auch noch als Schlampe hin, dachte Franziska entsetzt über sich selbst.
»Sie war halt hübsch und hatte viele Verehrer.« Das altmodische Wort erschien Franziska unpassend, aber was hätte sie sagen sollen? Dass Katrin im Umgang mit dem anderen Geschlecht nicht allzu wählerisch gewesen war?
»Kennst du welche?«
Die Kommissarin war noch immer freundlich, aber ihr Blick hatte etwas Forderndes bekommen.
»Ihr letzter Freund war Robert Walther aus der Elften«, murmelte Franziska.
»Hatten die beiden an dem Abend Schluss gemacht?«
»Nein. Schon drei Wochen vorher.«
»Drei Wochen«, wiederholte Petra und dachte: Also kurz nachdem Paul Römer in die Klasse gekommen war.

»Du bist in der Nacht auch geschwommen?«
»Ja.«
»Hast du Katrin im Wasser gesehen?«
»Nur, wie sie rausgeschwommen ist. Ich bin in der Nähe vom Ufer geblieben.«
»Warum?«
»Weil die anderen auch da waren. Außerdem war mir der dunkle See unheimlich. Aber Katrin . . . Katrin ist . . . war . . . noch nie ängstlich. Sie schwamm gerne. Sie war im Schwimmen die Klassenbeste.«
»Hat sie dich nicht gefragt, ob du mit rausschwimmen willst?«
Franziska schüttelte den Kopf. »Ich wünschte, ich hätte es getan«, flüsterte sie und starrte auf ihre Füße.
»Du fühlst dich schuldig an dem, was Katrin passiert ist?«
Franziska zuckte nur mit den Schultern.
»War Paul Römer auch im Wasser?«
»Paul?«
Der Name schien eine heftige Reaktion auszulösen. Petra Gerres bemerkte zwei rote Flecken auf den Wangen des Mädchens.
»Nein, der war nicht dabei.«
»Bist du sicher?«
»Ja. Wir sind alle zusammen über den Platz zum Wasser gegangen, da hätte ich ihn gesehen.«
Kommissarin Gerres sah das Mädchen nachdenklich an. Sie hatte elegant gezeichnete Lippen und eine schmale Nase. Die hohen Wangenknochen und die schräg gestellten Augen mit den langen Wimpern gaben ihrem Gesicht etwas Edles.
Franziska konnte fühlen, wie ihre Wangen zusehends röter wurden. Was würde diese Polizistin jetzt denken?
»Willst du was trinken?«
»Nein, danke.«

»Entschuldige mich bitte. Ich brauche meinen Drei-Uhr-Kaffee.«
Die Polizistin stand auf, drückte die Pause-Taste des Aufnahmegeräts und ging hinaus, was Franziska Zeit gab, sich wieder zu sammeln. Sie sah sich um. Das Büro, in dem sie saß, verfügte über zwei Schreibtische und war weiß gestrichen. An den Wänden hingen Fotos von Menschen. Vermisste, Gesuchte, Mordopfer ungeklärter Fälle. Würde auch Katrins Bild bald da hängen?
Mit einem Becher in der Hand, auf dem die Aufschrift *Ich Chef – Du nix* prangte, kam die Kommissarin zurück. Franziskas Wangen hatten wieder ihre normale Farbe angenommen.
»Wo war Katrin vor dem Schwimmen?«
»Keine Ahnung«, schwindelte Franziska. »Mir war nicht gut, ich habe mich in mein Zelt gelegt.«
»Wie viel Alkohol hattest du an dem Abend getrunken?«
»Ich? Äh . . . schon so einiges. Mir ist irgendwann schlecht geworden. Danach habe ich mich hingelegt. Als mich die anderen geweckt haben, zum Nachtschwimmen, ging es mir aber schon wieder besser.«
»Aber ganz nüchtern warst du nicht.«
»Nein. Das war vermutlich keiner von uns.«
»Hast du gewusst, dass Katrin die meiste Zeit des Abends mit Paul im Zelt verbracht hat?«, fragte Petra Gerres.
Franziska begann, ihre Hände zu kneten, und meinte: »Na ja, also, Robert hat so eine Bemerkung gemacht, am Feuer.«
»Was für eine Bemerkung?«
Oh, Mist! Warum hatte sie denn nicht den Mund gehalten?
»Dass sie eine Schlampe sei und so. Aber er war wirklich schon sehr betrunken, als er das sagte.«
»Er war also eifersüchtig.«

»Kann sein. Aber er hat sich ganz gut getröstet, mit Silke Meyer.«

Franziska registrierte beunruhigt, wie sich die Kommissarin Notizen machte.

»Wann hat Robert diese Bemerkung gemacht?«

»Irgendwann. Bevor mir schlecht wurde und ich gegangen bin.«

»Hattest du Krach mit Katrin? Wegen diesem Paul?«

Bingo, dachte Petra Gerres, als sie sah, wie Franziska erneut errötete und ihrem Blick auswich. Das Mädchen erinnerte die Kommissarin ein wenig an sie selbst in diesem Alter: ein wenig schüchtern, gewissenhaft, voller Selbstzweifel. Sie unterdrückte ein Lächeln.

»Sie meinen, ich hätte auch ein Motiv für einen Mord gehabt«, trat Franziska die Flucht nach vorn an.

»Auch? Wer hatte denn deiner Meinung nach noch eines?«, fragte die Kommissarin zurück.

»Niemand«, sagte Franziska hastig.

»Aber du hast *auch* gesagt.«

Franziska schüttelte nur stumm den Kopf. Ihr war zum Platzen heiß, sie wollte nur noch hier raus. Sie beschloss, von nun nichts mehr zu sagen. Sie machte alles immer schlimmer, mit jedem Wort.

»Hatte Katrin Feinde?«

Es klang wie eine dieser Standardfragen aus den Fernsehkrimis: *Wo waren Sie am Montag zwischen acht und zehn Uhr? Hatte Ihr Ehemann Feinde?*

»Nein, sie hatte natürlich keine Feinde«, sagte Franziska und musste trotz allem ein Grinsen unterdrücken.

»Wieso natürlich?«

»Weil sie nett und beliebt war. Sie hat keinem was getan.«

»Sie war hübsch. Sie hatte Affären mit Jungs. Da muss es doch automatisch Konkurrentinnen geben, Rivalinnen, enttäuschte Liebhaber«, hielt die Kommissarin dagegen.

Silke, dachte Franziska, und ich . . . und Robert . . .

»Jedenfalls kenne ich niemanden, der sie deswegen umbringen würde«, antwortete Franziska mit Überzeugung.

Die Kommissarin schüttete Milch in ihren Kaffee.

»Was glaubst du denn, was geschehen ist?«, fragte sie, nachdem sie einen Schluck getrunken hatte.

»Keine Ahnung. In der Zeitung stand was von Mord. Wie soll denn das passiert sein?«, fragte nun Franziska und dachte im selben Moment: Gleich wird sie sagen: »Ich stelle hier die Fragen.«

»Wir wissen es nicht genau«, antwortete die Kommissarin. »Es sieht nach einem Kampf aus. Jemand muss sie unter Wasser gedrückt haben. Oder gezogen.«

»Muss man dafür nicht irre viel Kraft haben? Katrin konnte sehr gut schwimmen. Sie muss sich doch gewehrt haben.«

»Schon, ja«, meinte die Kommissarin vage.

»Könnte es sein, dass sie woanders an Land gegangen ist und dort hat sie jemand überfallen? An diesen See kommen nachts viele Leute, Besoffene aus den Discos, weil er so nah an der Autobahn liegt.«

Kluges Mädchen, dachte Petra und antwortete: »Nein. Sie ist definitiv ertrunken. Ich habe keine Fragen mehr. Danke für deine Hilfe.«

Franziska erhob sich und floh aus dem Zimmer. Im Flur vor den Aufzügen saß Robert. Trotz seiner Einsneunzig kam er Franziska wie ein Häuflein Elend vor. Er begrüßte sie mit einem knappen Winken. Franziska hob ebenfalls die Hand. In die Augen schauen konnte sie ihm nicht.

14 Es war schon nach vier, als sie Bruno abholte. Mit weit ausgreifenden Schritten ging sie durch den Wald, in Gedanken wiederholte sie das »Verhör«, wie sie es nannte, noch einmal. Wie hatte es diese Polizistin nur geschafft, sie dazu zu bringen, Dinge zu sagen, die sie niemals hatte sagen wollen? Eine raffinierte Person. Sicher lernten die das in ihrer Ausbildung, wie man Leute manipulierte.

Am Freitag sollte Katrin beerdigt werden. Noch war die Endgültigkeit ihres Todes für Franziska unfassbar. Sie dachte an den leeren Platz im Klassenzimmer, direkt neben ihr. Eine klaffende Lücke, die bis jetzt keiner zu besetzen gewagt hatte. Vielleicht würde die Beerdigung dabei helfen. Trotzdem graute ihr davor. In derlei Gedanken versunken, bemerkte Franziska erst nach einer Weile, dass Bruno nicht mehr an ihrer Seite war.

Sie pfiff und rief seinen Namen. Dann blieb sie stehen und wartete. Der Hund kam nicht. Sie rief und pfiff noch ein paar Mal, doch vergeblich. Sie horchte. Nichts, nur die typischen Waldgeräusche.

Tante Lydia hatte ihr immer wieder eingeschärft, Bruno im Wald nicht aus den Augen zu lassen. Es gab einfach zu viele durchgeknallte Jäger. Sie wusste das, schließlich war sie mit einem von ihnen verheiratet gewesen.

Dennoch war dies nicht das erste Mal, dass der Hund im Wald ausbüxte. Manchmal waren die Düfte, die ihm in die Nase stiegen, einfach zu verführerisch, und es konnte schon ein paar Minuten dauern, bis er sich besann und auf seiner eigenen Spur zurückkehrte. Stehen bleiben und Ruhe bewahren war in so einem Fall das Vernünftigste. Aber heute war Franziskas Nervenkostüm so dünn, dass sie rasch in Panik verfiel.

»Bruuuuno!« Franziska merkte, wie ihre Stimme überschnapp-

te. Schon liefen ihr die ersten Tränen der Verzweiflung übers Gesicht.
»Bruuunooo! Hierher!«
Sie lief ein Stück zurück, rufend, schluchzend. Dann zwang sie sich, stehen zu bleiben. Noch ein Pfiff mit der Hundepfeife. Lauschen.
Da! Knackten da nicht ein paar trockene Zweige und hatte sie nicht aus dem Augenwinkel einen Schatten durch das Laub huschen sehen? Angestrengt spähte sie in die Richtung, aus der das Geräusch gekommen war. Doch zwischen den Stämmen der Buchen erschien nicht Bruno, sondern eine menschliche Gestalt.

15

Franziskas Frage – *Muss man dafür nicht irre viel Kraft haben?* – ging auch Petra ständig im Kopf herum. Katrin Pankau war einen Meter fünfundsechzig groß und wog dreiundfünfzig Kilo. Nicht gerade das, was man eine Wuchtbrumme nennt. Aber eine gute Schwimmerin, die sich in Todesangst heftig wehrt, unter Wasser zu halten, wenn man im tiefen Wasser selbst keinen festen Halt hat, das dürfte dennoch nicht ganz einfach sein. Selbst wenn man davon ausging, dass das Opfer mit zunehmendem Sauerstoffmangel an Kraft und Orientierung verlor – der Angreifer musste schließlich selbst auch einmal Luft holen. Wie hatte er es geschafft, das Mädchen dabei unter Wasser zu halten?
»Vielleicht mithilfe der Schnur, mit der das Boot an der Boje festgemacht war«, hatte Daniel vermutet. Die Kriminaltechnik hatte das bis jetzt nicht bestätigen können. Aber auch nicht ausschließen. Es war, wie Dr. Kretschmer festgestellt hatte:

Verbrechen, die im Wasser geschahen, hinterließen naturgemäß kaum Spuren.
Und wenn es doch ein Unfall gewesen war? Eine scherzhafte Rangelei, ein unglücklicher Stoß gegen den Kopf, eine kurze Bewusstlosigkeit – aber hätte dann nicht jemand um Hilfe gerufen? Außerdem hätte Dr. Kretschmer eine Kopfverletzung, die zur Bewusstlosigkeit führte, garantiert nachweisen können.
Sie ist ertränkt worden wie eine junge Katze, dachte Petra voller Bitterkeit.
Die Befragungen von Robert Walther und Silke Meyer hatten keine neuen Erkenntnisse gebracht. Im Grunde traute sie keinem dieser Jugendlichen so eine Tat zu. Allerdings konnte man sich darin ganz schön täuschen. In ihrer erst sechs Jahre alten Karriere bei der Kripo hatte Petra bereits sämtliche Illusionen über ihre Spezies abgestreift. *Der war immer so nett und harmlos, nie hätte ich dem das zugetraut* . . . Dieser Satz von Freunden und Nachbarn nach einer Bluttat war schon beinahe Standard. Und gerade Jugendliche taten immer wieder Dinge, die das Weltbild ihrer Mitmenschen ins Wanken brachten.
Sie stand auf und schlenderte an den Schreibtisch ihres jungen Kollegen. Sie hatte Daniel gebeten, die beteiligten Jugendlichen auf Vorstrafen zu überprüfen.
»Daniel, hast du schon was rausgekriegt?«
Der Angesprochene antwortete nicht, sondern starrte regungslos auf den Bildschirm. Erst als ihm Petra ihre kräftige rechte Hand um den Nacken legte, reagierte er.
»Ah! Herrgott, hast du mich erschreckt!« Er rieb sich das Genick. »Das grenzt ja an sexuelle Belästigung. Wenn ich das getan hätte . . .«
»Quod licet Iovi, non licet Bovi«, antwortete Petra.
»Wie bitte?«

»Was dem Jupiter erlaubt ist, ist dem Rindvieh noch lange nicht erlaubt«, übersetzte Petra und fügte hinzu: »Man kann ja nicht ahnen, dass du so eine Mimose bist. Ich wollte wissen, ob du die Schüler schon auf Vorstrafen überprüft hast.«

Daniel drehte sich mitsamt seinem Stuhl zu ihr um, die Hände lässig hinter seinem wirren blonden Haarschopf verschränkt.

»Klar, schon längst.«

»Und?«

»In der Vorstadt ist das Leben noch in Ordnung. Keiner ist vorbestraft, sind alles brave Kinder aus guten Familien – bis auf eine winzige Ausnahme . . .« Er setzte eine Kunstpause. »Paul Römer. Wurde vor einem Jahr vom Jugendgericht in Braunschweig, seinem vorigen Wohnort, zu zwanzig Stunden gemeinnütziger Arbeit verdonnert. Er hatte einem Achtzehnjährigen das Handgelenk mit einem Karateschlag gebrochen.«

»Karate!«

»Er war im Jahr zuvor sogar Jugend-Landesmeister.«

»Was war der Grund für den Übergriff?«, wollte Petra wissen.

»Das stand da nicht drin.«

»Wir brauchen die Akte.«

»Ich kümmere mich darum. Aber ich habe gerade noch was entdeckt«, verkündete Daniel mit breiter Brust.

»Mach's nicht so spannend«, seufzte Petra unwillig.

»Ich bin mal die Einsatzprotokolle der Polizeiinspektion Garbsen vom Wochenende durchgegangen. Am Samstagnachmittag wurde ein Einbruchdiebstahl gemeldet. Ein Fenster der Bretterbude der Wasserwacht am Blauen See ist aufgebrochen worden. Es wurden ein Taucheranzug, eine Pressluftflasche und ein Bleigürtel gestohlen.«

Petra stieß einen leisen Pfiff aus. »Ein Taucheranzug. Mit Bleigürtel. Soso.«

16

Die Sonne stand tief und blendete Franziska, sodass sie nur einen großen Schatten auf sich zukommen sah. Sie blieb stehen.
»Hallo Franziska«, hörte sie Pauls Stimme.
Franziska atmete erleichtert auf, besonders als sie den Schatten bemerkte, der hinter Paul hertrottete.
»Bruno!« Sie umarmte den Hund, grub ihre Nase in sein dichtes, raues Fell und wischte sich dabei verstohlen die Tränen aus dem Gesicht. Das fehlte noch, dass Paul sie heulen sah.
»Verdammt, Dicker, wo warst du denn?«
Statt des Hundes gab Paul Auskunft: »Er kam an den Hochsitz gelaufen, du weißt schon . . . Ich dachte erst, du bist ganz in der Nähe. Aber dann habe ich dich von Weitem pfeifen und rufen hören. Da war es dann ohnehin vorbei mit der Ruhe, also habe ich ihn hergebracht.
»Tut mir leid, wenn ich deine Andacht gestört habe«, sagte Franziska mit Schärfe im Tonfall und fügte ein wenig milder hinzu: »Danke, dass du Bruno gebracht hast.« Sie nahm den Hund an die Leine und setzte sich in Bewegung.
»Franziska, warte doch mal.«
»Was ist?«
»Du bist sauer auf mich, nicht wahr?«, fragte er und sein Blick ähnelte dem von Bruno.
Sie wusste nicht, woher sie plötzlich die Selbstsicherheit nahm, mit der sie ihm geradewegs in die Augen schaute und sagte: »Meine Freundin ist ermordet worden. Meine einzige Freundin. Nein, ich bin nicht *sauer*. Ich habe anderes im Kopf, als sauer zu sein. Jetzt entschuldige mich bitte, ich muss nach Hause.«
Entschlossen ging sie weiter.
»Darf ich dich begleiten?«, fragte er.

Franziskas Zorn über Pauls Verhalten war zwar durch die dramatischen Ereignisse etwas verwässert worden, aber noch nicht ganz verraucht.

»Ach! Womöglich bis vor die Haustür? Oder fällt dir unterwegs wieder ein, dass du was Dringendes zu erledigen hast?«

»Bis vor die Haustür, wenn du das willst«, sagte er kleinlaut.

Sie gingen nebeneinanderher. Es erinnerte mehr an Walking als an einen Spaziergang. Nach einigen Metern fing Paul noch einmal an: »Ich weiß, ich hab mich beschissen benommen. Ich kann es mir selbst nicht erklären. Es tut mir leid. Sei mir bitte nicht mehr böse.«

Wenn das so einfach wäre, dachte Franziska und antwortete: »Du kannst deine Männlichkeit beweisen, wo und mit wem du willst, es geht mich nichts an. Du bist mir keine Rechenschaft schuldig. Katrin ist tot. Vielleicht wäre sie es nicht, wenn wir uns nicht vorher wegen dir gestritten hätten.«

»Ihr habt wegen mir gestritten?«, fragte er erstaunt.

Oje. Jetzt bildet sich der auch noch wer weiß was ein.

»Vergiss es.«

Keiner sagte etwas, bis sie den Waldrand erreicht hatten. Aber es war kein angenehmes Schweigen wie neulich auf dem Hochsitz. Neulich? Das war zwar erst zehn Tage her, aber Franziska kam es vor wie ein Jahr.

»Denkst du, ich mache mir keine Vorwürfe, weil ich sie nicht zum Schwimmen begleitet habe?«, sagte Paul unvermittelt.

»Warum hast du sie eigentlich nicht begleitet?«

Er zuckte mit den Achseln. »Ehrlich gesagt, es war, weil ich dir nicht begegnen wollte. Ich habe mich geschämt.«

Zu Recht, dachte Franziska, deren Ärger nun beängstigend rasch dahinschmolz. Durfte sie ihm diese Reuiger-Sünder-Nummer wirklich glauben?

Sie glaubte ihm. Weil sie ihm glauben wollte.

Sie hatten den Feldweg verlassen und gingen die Straßen von Franziskas Viertel entlang, die alle nach toten deutschen Dichtern benannt waren. Es waren überwiegend Häuschen aus den Sechzigern, die Gärten waren groß und mit hohen Bäumen und Büschen zugewachsen.

Paul schien auf einmal nervös zu sein.

»Was hast du?«, fragte Franziska.

»Was soll ich haben?«

»Du schaust dich dauernd um.«

»Tu ich das?«

»Ja.«

»War mir nicht bewusst«, antwortete Paul verlegen.

Vor ihrem Gartentor sagte Franziska rasch: »Danke fürs Heimbringen.«

Sie würde ihn nicht hereinbitten und sich damit womöglich noch einen Korb einfangen.

»Hast du Lust, am Samstag mit mir ins Kino zu gehen?«

Ins Kino? Einen Tag nach Katrins Beerdigung, fuhr es Franziska durch den Kopf. War das nicht pietätlos?

Paul bemerkte ihr Zögern. Er schien denselben Gedanken zu haben, denn er sagte: »Es ändert ja nichts ...« Sein Lächeln geriet ein wenig schief, was sehr anziehend aussah.

Verdammt, Franziska! Der tollste Junge der Schule hat dich gerade ins Kino eingeladen, worauf wartest du?

»Was läuft denn?«, fragte sie und bemühte sich um eine gleichmütige Miene.

»Weiß ich nicht. Such dir was aus.«

»Okay«, sagte Franziska.

»Können wir uns um halb drei am Bahnhof in Hannover treffen? Ich muss vorher ...«

». . . was erledigen«, beendete Franziska den Satz, aber sie lächelte dazu.
»Ja, genau«, sagte Paul.
»Geht klar«, sagte Franziska und ging auf die Haustür zu, wobei sie den widerstrebenden Bruno hinter sich herziehen musste. Er schien Paul zu mögen. Als sie sich vor der Tür noch einmal umdrehte, war von Paul schon nichts mehr zu sehen.

17

Katrin Pankau wurde bei strahlendem Sonnenschein beerdigt. Franziska hätte Nieselregen passender gefunden, aber es war überhaupt alles unpassend. Was konnte passend sein am Tod eines sechzehnjährigen Mädchens?
Die Klasse hatte freibekommen und alle waren da. Paul war im dunklen Anzug erschienen. Er sah seltsam fremd darin aus, aber auch sehr gut, und Franziska bemühte sich, ihn nicht zu auffällig anzusehen. Die hochgewachsene, dünne Frau neben ihm musste wohl seine Mutter sein. Der schwarze Strohhut verlieh ihr etwas Mondänes. Unter der Krempe sah man nur ihren Mund, ein schmaler dunkelroter Strich.
Die meisten Mädchen trugen schwarze Kleider, darunter einige, die besser in eine Disco gepasst hätten als auf einen Friedhof. Franziska ertappte sich bei dem Gedanken, dass Katrin vermutlich ähnlich gekleidet hier erschienen wäre. Was sie wohl jetzt anhatte, im Sarg?
»Manche Mädchen haben überhaupt keinen Stil und offenbar auch niemanden, der ihnen den beibringt«, seufzte Frau Holze-Stöcklein, die Deutschlehrerin. Dabei schaute sie missbilligend

auf Silkes bloßen Rücken, dessen Haut infolge der niedrigen Temperatur in der Kapelle an ein Suppenhuhn erinnerte.
Fast alle Lehrer und der Direktor waren gekommen, sowie etliche Eltern. Auch Frauke Saalberg, Franziskas Mutter, hatte sich freigenommen und ihre Tochter begleitet. Katrins Eltern waren zwei hohläugige Gespenster. Was mochte in ihnen vorgehen? Wie würden sie mit dem Tod ihrer Tochter zurechtkommen? War nicht auch ihr Leben so gut wie zerstört? An der Hand von Frau Pankau zerrte Katrins siebenjähriger Bruder. Franziska hatte seinen Namen vergessen, weil Katrin ihn immer nur den »Satansbraten« genannt hatte. Sie hatte sich regelmäßig über ihn beklagt.
»Holt doch mal die Super-Nanny«, hatte Franziska geraten und Katrin hatte geantwortet: »Für den reicht keine Nanny, der braucht einen Exorzisten.«
Daran musste Franziska nun denken, während sich die Trauergemeinde dem Sarg hinterher durch die Gräber schlängelte. Sie kicherte. Postwendend fuhr ihr der spitze Ellbogen ihrer Mutter zwischen die Rippen.
Franziska hatte bis jetzt nur die Beerdigung ihrer Großmutter erlebt und die von Katrin unterschied sich hinsichtlich des Ablaufs und der Äußerlichkeiten nicht wesentlich davon. Ein steifer Akt, zugeschnitten auf alte Menschen. Als der Sarg zwischen grünem Filz, der die nackten Erdwände der Grube schamhaft bedeckte, hinabgelassen wurde, wünschte sich Franziska weit fort. Egal, wohin, nur hier wollte sie nicht sein, wo ihre Freundin in einer hässlichen Holzkiste, unter sterbenden Pflanzen lag. Nachdem der Pfarrer seine rituellen Handlungen beendet hatte, wurden Blumen und Erde auf den Sarg geworfen. Das Geräusch, mit dem die Erdbrocken auf dem Holz aufschlugen, ging Franziska durch Mark und Bein. Sie ließ die

mitgebrachte Rose aus dem Garten auf den Sargdeckel fallen, und als dabei die Vorstellung, dass Katrin da unten lag, zur Gewissheit wurde, schnürte es ihr die Kehle zu. Die dargebotene kleine Schaufel ignorierte sie. Sollte sie ihre tote Freundin etwa noch mit Dreck bewerfen? Schlimm genug, dass sie sich zuletzt angefeindet hatten – auch wenn das letztendlich keinen Unterschied mehr machte. Katrin hätte ihr sicher längst verziehen. Sie konnte ein Aas sein, aber nachtragend war sie nie gewesen. Plopp. Wieder krachte eine Schaufel Erde auf den Sarg. Wie hielten Katrins Eltern diese makabre Prozedur bloß aus?

Franziska und ihre Mutter drückten dem trauernden Elternpaar die eiskalten Hände und murmelten: »Herzliches Beileid.« Dann entfernten sie sich schnell, als wäre Leid ansteckend.

Frauke Saalberg blieb vor einer Zypresse stehen und atmete tief durch. »Schrecklich«, stellte sie erschaudernd fest. Dann strich sie energisch ihre dunklen Haare zurück, so wie sie es immer als Zeichen eines Entschlusses tat. Jetzt hatte sie offenbar beschlossen, dass das normale Leben weitergehen musste.

»Zeig mir doch mal den Jungen, mit dem du morgen ins Kino gehst«, sagte sie in bemüht munterem Ton zu Franziska.

»Welchen Jungen denn? Ich geh mit ein paar Leuten aus der Klasse . . .«

»Du willst mich wohl für dumm verkaufen? Ich will ihn ja nur mal sehen.«

»Der große im Anzug«, sagte Franziska müde. Ihr fehlte im Augenblick die Kraft für ein Scharmützel mit ihrer Mutter.

»Der blonde mit dem breiten Kreuz?«

»Nein, das ist Robert aus der Elften. Der weiter hinten, mit den braunen Haaren. Aber schau bitte nicht so auffällig hin. Bitte!«, flehte Franziska. Vergebens. Wie ein Rind starrte ihre Mutter zu Paul hinüber. Franziska boxte sie gegen den Oberarm, aber es

war zu spät. Schon nickte Paul ihrer Mutter höflich zu und die hob charmant die Hand und lächelte zurück.
»Ein hübscher Kerl«, urteilte sie ungefragt.
Franziska stöhnte. Ihre Mutter konnte manchmal so dermaßen peinlich sein!
»Los, weg hier«, flüsterte sie und setzte sich in Bewegung. Als sie sich nach ihrer Mutter umwandte, fiel ihr Blick auf eine Frau, die am Rand der Schülergruppe zwischen den Thujen stand. Es war die Kommissarin. Auch sie hatte Paul im Visier.

18 Oberkommissarin Petra Gerres hatte die Trauerfeier und die Beisetzung aufmerksam verfolgt. Weniger den feierlichen Akt, sondern mehr das Drumherum: die Schüler, die in ihrer ungewohnten Kleidung deplatziert wirkten, die ernsten Lehrergesichter und die Eltern des Mädchens, für die das alles wohl schwer durchzustehen war.
Unsere Gesellschaft hat nie gelernt, mit dem Tod in Würde und Gelassenheit umzugehen, dachte Petra, die sich mit der Bestattungskultur hierzulande noch nie hatte anfreunden können. Statt individueller Trauer herrschte miefige *Pietät.* Nur einmal, am Ende der Trauerfeier, waren echte Gefühle aufgekommen. Statt eines Kirchenliedes hatte man den Song *You're beautiful* von James Blunt gespielt. Katrins Lieblingslied? Jedenfalls hatten da fast alle Trauergäste geweint und auch die Kommissarin hatte feuchte Augen bekommen.
Danach hätte es nach Petras Geschmack vorbei sein dürfen. Musste man wirklich das Hinaustragen und Hinunterlassen des Sarges zelebrieren? Andererseits hatte es auf dem Friedhof ei-

niges zu beobachten gegeben: Katrins Exfreund Robert Walther, dessen Blicke sich immer wieder in Silke Meyers Ausschnitt verfingen, die unbewegte Miene von Paul Römer und der Dame neben ihm, vermutlich seine Mutter, das sichtliche Unbehagen von Franziska Saalberg.

Als die Beerdigung vorüber war und alle den Friedhof verließen, stellte sich Petra Gerres Paul und seiner Begleiterin in den Weg.

»Kann ich Sie einen Moment sprechen?«, sagte sie zu Paul.

Paul Römer blieb stehen und sah sie nicht eben freundlich an. Seine Mutter spießte sie mit Blicken geradezu auf.

»Ich bin Oberkommissarin Gerres von der Kripo Hannover«, stellte sich Petra der Frau vor.

Frau Römers Stimme klang, als hätte sie sie im Eisfach gelagert, als sie antwortete: »Juliane Römer. Was wollen Sie von meinem Sohn? Sie haben doch schon am Montag mit ihm gesprochen.«

»Ich würde gerne noch mal kurz mit ihm reden. Allein«, sagte Petra ruhig und sehr bestimmt.

»Muss das sein? Hier vor allen Leuten?«, fragte Frau Römer.

Paul nahm seine Mutter am Arm und wechselte ein paar geflüsterte Worte mit ihr.

»Gut. Ich warte am Tor«, sagte sie daraufhin leise, warf der Kommissarin aus dem Dunkel unter ihrer Hutkrempe einen vernichtenden Blick zu und mischte sich unter die anderen Trauergäste, die zum Ausgang strebten. Aus den Grüppchen der Schüler hörte man schon wieder die ersten verhaltenen Lacher. Das Leben geht weiter, dachte Petra Gerres, und: Die plattesten Weisheiten sind meist auch zutreffend.

Mit Paul im Kielwasser steuerte die Kommissarin zielstrebig eine freie Bank im Schatten einer Thujenhecke an. Sie setzten sich, Petra nahe der Mitte, Paul ans Ende der Bank.

»Was wollen Sie?«, fragte Paul.

Sie sah ihn prüfend an. In seinem Anzug wirkte er sehr elegant.

»Treiben Sie Sport?«, fragte Petra.

Pauls Miene verfinsterte sich. »Kommen Sie, ich weiß genau, worauf Sie hinauswollen.«

»Ah, ja?«

»Auf die Sache mit der Körperverletzung, voriges Jahr.«

»Erzählen Sie mir davon.«

»Sie wissen es doch längst.«

»Ich möchte es aber von Ihnen hören.«

»Gut«, seufzte Paul, »wenn Ihnen dann wohler ist.«

Petra nickte.

»Da gibt es nicht viel zu erzählen. Ein Typ aus meiner Klasse hat immer wieder meine Schwester dumm angemacht.«

»Warum?«

»Er war ein Arsch, der sich nur gut fühlte, wenn er auf Schwächeren rumtrampeln konnte. Alex war vierzehn und voller Komplexe, weil sie sich für zu dick hielt. Sie hat sich gedemütigt und bedroht gefühlt. Ich habe den Kerl ein paar Mal gewarnt, aber er wollte sie nicht in Ruhe lassen.«

»Und dann haben Sie zugeschlagen.«

»Ich habe nicht zugeschlagen, ich habe ihm den Arm verdreht.«

»Bei welcher Gelegenheit?«

»Das sagte ich doch schon.«

»Wo? Wann? Vor ihrer Schwester? Oder haben Sie ihm aufgelauert?«

»Ich bin doch kein Feigling. Im Pausenhof. Ich habe – wie viele andere auch – mitgekriegt, wie er Alexandra wieder mal beleidigte. Daraufhin habe ich den Kerl aufgefordert, sich sofort bei ihr zu entschuldigen. Das hat er nicht getan. Da habe ich ihn dazu überreden müssen.«

»Indem Sie ihm das Handgelenk brachen?«
»Es ging mir nur darum, dass er sich entschuldigt und künftig meine Schwester in Ruhe lässt.«
»Hat er sich entschuldigt?«
»Ja.«
»Rührend, wie Sie die Ehre Ihrer Schwester verteidigen. So was höre ich sonst nur von meiner türkischen Klientel.«
»Immerhin habe ich ihn nicht umgebracht«, bemerkte Paul lakonisch.
»Aber Sie könnten jemanden mit bloßen Händen umbringen, nicht wahr?«
Er hob fragend seine Augenbrauen.
»Karate. Landesmeister«, half ihm Petra auf die Sprünge.
»Jugendmeister.«
»Auch nicht schlecht.«
»Ich hab's nie ausprobiert. Im Notfall könnte ich es vielleicht. Man lernt, wo die Schwachstellen liegen.« Ein spöttisches Lächeln huschte über sein Gesicht. »Aber das wissen Sie als Polizistin doch ganz genau. Kampfsport gehört doch zu Ihrer Ausbildung.«
»Tauchen Sie?
»Was?«
»Ob Sie tauchen. Mit Anzug und Flasche und so.«
»Nein. Ich bin kein großer Schwimmer und schon gar kein Taucher. Es interessiert mich nicht, was unter Wasser ist. Warum wollen Sie das wissen?«
»Ich habe meine Gründe. Wissen Sie, ob einer Ihrer Schulkameraden taucht?«
»Nein, das weiß ich nicht. Die müssen Sie schon selbst fragen«, kam es patzig.
Petra nickte. »Danke, das war es schon.«

Paul stand auf und strebte in Richtung Ausgang.
Als er außer Sicht war, streckte die Kommissarin auf der Bank die Beine aus, schloss die Augen und ließ sich für ein paar köstliche Minuten die Sonne aufs Gesicht scheinen.

19

Am Samstag verbrachte Franziska eine volle Stunde im Bad. Danach probierte sie ihren Kleiderschrank durch. Verdammt. Jetzt rächte sich die Nachlässigkeit in Sachen Garderobe. Katrin wäre für so einen Fall sicherlich bestens gerüstet gewesen. Was wohl mit ihren Kleidern geschehen würde? Franziska schämte sich für solche Gedanken. Sie wählte schließlich eine helle Jeans und ein zitronengelbes Top.
Dann ging sie hinunter und studierte am Küchentisch das Kinoprogramm in der Zeitung. Die Auswahl war im Juli nicht gerade überwältigend. Eine romantische Komödie mit Sandra Bullock. Bloß kein Mädchen-Film! Ein Action-Streifen mit Bruce Willis, ein computeranimierter Tierfilm, eine satirische Komödie über das Rauchen, ein Katastrophenfilm mit Sturmflut und Überschwemmungen. Himmel, das fehlte noch, sich mit Paul ertrinkende Menschen auf einer Großbildleinwand anzusehen.
»So schick heute?«, fragte ihr Vater. Er machte gerade eine Pause vom Rasenmähen und stand vor dem offenen Kühlschrank. »Ach. Stimmt, du gehst ja heute ins Kino.« Er zog das letzte Wort vielsagend in die Länge. »In welchen Film?«
»Ich suche noch. Am liebsten wäre mir natürlich etwas Gewaltverherrlichendes, das zugleich sexistisch ist und Minderheiten diskriminiert.«
»Bitte?!«

»War ein Scherz. Ich weiß nicht, welchen Film ich aussuchen soll«, gestand Franziska unumwunden, denn bestimmt wusste ihr Vater längst Bescheid. Ihre Mutter konnte selten etwas für sich behalten.
»Was meinst du als Mann, was würde Paul interessieren?«, fragte Franziska.
»Paul?«
Mist, Mist, Mist. Er hatte es doch nicht gewusst – bis jetzt.
»Vergiss es«, sagte sie rasch.
»Ach *der* Paul. Hat er dich eingeladen?«
»Keine Ahnung? Ist das wichtig? Er hat gefragt, ob ich mitkomme. Und ich soll den Film aussuchen.«
»Warum fragst du dann, was ihn interessieren könnte?«
»Häh?«
»Erstens heißt es nicht häh und zweitens: Wenn er dir die Filmauswahl überlässt, dann solltest du doch einen Film wählen, der *dir* gefällt.«
Franziska starrte ihren Vater groß an. Von dieser Seite hatte sie das noch gar nicht betrachtet.
»Ihr Mädchen nehmt viel zu viel Rücksicht auf die Kerle«, sagte er und öffnete eine Bierflasche. »Woher kommt dieser fatale Hang zur Opferrolle? Das hat dir deine Mutter nicht vorgelebt.«
»Mensch, Papa! Du bist ja 'ne Emanze!«
»Jetzt reicht es aber! Übrigens solltest du was anderes anziehen. Ein anderes Oberteil.«
»Warum?«
»Das ist zu ... zu ... wenig. Im Kino ist es kühl. Wie sieht das aus, wenn du mit einer Gänsehaut dasitzt?«
»Im Kino ist es dunkel«, versetzte Franziska.
»Mach doch, was du willst«, winkte er ab und ging in den Garten.

Franziska verdrehte die Augen. »Danke für die Hilfe«, rief sie ihm nach.

20 Die Schlange rückte vor, sie waren dran. Paul bezahlte und reichte ihr die Kinokarte. Franziska hatte sich schließlich für die satirische Komödie entschieden und Paul schien ihre Wahl zu begrüßen. Es war noch eine halbe Stunde Zeit.
»Möchtest du noch was trinken gehen?«
Franziska nickte. Sie steuerten in Richtung *Pizza Hut*. Ein kleiner Tisch am Fenster war noch frei, sie bestellten Cola.
»Was machst du in den Ferien?«, fragte Franziska.
»Da bin ich auf Usedom«, antwortete Paul. »Mein Onkel hat da ein Hotel. Meine Mutter, meine Schwester und ich machen dort zwei Wochen Urlaub und ich arbeite den Rest der Ferien als Kellner und als Mädchen für alles. Seit mein Vater tot ist, ist das mit dem Geld etwas schwierig bei uns«, gestand er. »Und du?«
»Zwei Wochen Teneriffa«, sagte Franziska und kam sich plötzlich wie ein verwöhntes Luxusgirl vor. Wahrscheinlich war sie das ja auch.
»Warum seid ihr eigentlich hierhergezogen?«, fragte sie.
»Meine Mutter hat hier eine besser bezahlte Stelle an der Tierärztlichen Hochschule gefunden. Besser als in der Praxis, in der sie vorher war. Jetzt arbeitet sie dort in einem Labor.«
Die Frage nach Tierversuchen stand im Raum, aber Franziska verkniff sie sich.
»Tierärztin«, wiederholte sie. »Das war auch mal einer meiner Traumberufe.«

»Jetzt nicht mehr?«
»Weiß nicht«, antwortete Franziska. »Und du? Weißt du schon, was du mal machen willst?«
»Vielleicht Medizin studieren. Wenn die Noten dafür ausreichen.«
Franziska lächelte. Sie musste sich zwingen, Paul nicht zu oft anzusehen, und ihn vor allen Dingen nicht anzustrahlen wie ein Honigkuchenpferd. Sie ließ ihren Blick nach draußen schweifen. Familien und Jugendliche strebten zu den Kinokassen oder standen rauchend vor dem Eingang. Plötzlich war ihr, als würde sie jemand anstarren, ein vage bekanntes Gesicht, das sie auf Anhieb nicht einordnen konnte. Doch im nächsten Moment schob sich ein breiter Rücken in einem Holzfällerhemd ganz nah vor die Scheibe. Der Mann zündete sich umständlich eine Zigarette an. Als die Sicht wieder frei war, spähte Franziska angestrengt durch das spiegelnde Glas, aber sie entdeckte niemanden, den sie kannte. Ich muss es mir eingebildet haben, dachte sie. Vielleicht war es mein eigenes Spiegelbild, das ich gesehen habe. Sie konzentrierte sich wieder auf Paul.
»Wollen wir reingehen?«, fragte der gerade.
Franziska nickte und leerte ihre Cola. Sie standen auf. Die Gestalt, die in einiger Entfernung regungslos dastand, starrte noch immer zu ihnen hinüber. Doch das bemerkten sie nicht.

Paul machte während des Films keinerlei physischen Annäherungsversuche, was Franziska auch nicht erwartet hatte. Nein, so kindisch war Paul nicht. Dennoch entstand im Verlauf der Vorstellung eine gewisse Vertrautheit zwischen ihnen. Sie aßen zusammen einen ganzen Eimer Popcorn und lachten einträchtig an denselben Stellen. Es war das erste Mal, fiel Franziska auf, dass sie Paul lachen sah – oder vielmehr hörte.

Erst als der Film zu Ende war und die Menge zum Ausgang drängelte, nahm Paul ihre Hand. Die Geste hatte etwas Selbstverständliches.
Blinzelnd standen sie im Freien, als Paul ihre Hand plötzlich wieder losließ. Oliver stand in der Schlange für die Abendvorstellung, zusammen mit zwei Freunden, die Franziska vom Sehen kannte. Für den Bruchteil einer Sekunde sahen sie sich an, dann senkte Franziska den Blick. Obwohl dafür keinerlei Grund bestand, fühlte sie sich auf einmal, als hätte man sie bei etwas Verbotenem ertappt. Als sie wieder aufblickte, wandte Oliver ihr den Rücken zu und war ganz in die Unterhaltung mit seinen Freunden vertieft. Paul setzte sich in Bewegung und Franziska folgte ihm. Auf dem Weg zum Bahnhof fragte sie sich, warum sie Oliver nicht einfach ganz normal gegrüßt hatte.

21

Pauls Verhalten in der folgenden Woche in der Schule war irritierend. Es schien ihm nichts auszumachen, sich im Klassenraum mit Franziska zu unterhalten, auch wenn andere zuhörten. Er ließ sich von ihr beraten, welches Thema er für die Deutsch-Hausarbeit im nächsten Schuljahr wählen sollte – die Schüler sollten sich jetzt schon entscheiden, um das Buch über die Ferien lesen zu können.
»Damit ihr nicht verblödet. Ihr wisst ja, der Verstand beginnt schon nach zwei Wochen Faulenzerei einzurosten«, bemerkte Frau Holze-Stöcklein augenzwinkernd.
Paul hatte Franziska um ihre E-Mail-Adresse gebeten und ab und zu stellte er ihr eine Frage zu den Hausaufgaben. Einmal chatteten sie.

< Was machst du gerade? >
< Nix besonderes >
< Mathe nervt zur Zeit tierisch >

Der Dialog erlangte kein wesentlich höheres Niveau und sie mussten sich eingestehen, dass sie keine besonders talentierten Chatter waren.
In den Pausen sonderte sich Paul von den anderen ab, umgeben von einer Aura der Unnahbarkeit, die ihn in den Augen der Mädchen noch attraktiver machte. Jedenfalls schwänzelten Silke, Ute und Ann-Marie auffallend oft in seiner Nähe herum.
Sprach man ihn an, reagierte er einsilbig. Allenfalls die Gesellschaft seiner Schwester nahm er duldend in Kauf. Vielleicht benutzte er sie auch nur, um sich die anderen Mädchen vom Hals zu halten, dachte Franziska.
Manchmal bedauerte sie es, ein Einzelkind zu sein. Mit einem älteren Bruder könnte sie sich über Paul unterhalten, sich Ratschläge aus männlicher Sicht einholen. Die einzige Vertraute, die sie bis jetzt gehabt hatte – wenn auch nicht gerade in Sachen Paul – war tot. Sie dachte oft an Katrin. Und immer schwang dabei dieses leise Schuldgefühl mit.

Am letzten Schultag bemerkte Franziska eine Gruppe Schüler aus ihrer Klasse, die sich lachend vor der Tür zum Klo der Jungen versammelt hatten.
Franziska blieb neugierig stehen. Den Grund für die Heiterkeit bildeten mit knallrotem Lippenstift auf der weiß lackierten Klotür angebrachte anatomische Zeichnungen. Die Skizzen waren zwar nur rudimentär, aber man konnte zweifelsfrei erkennen, dass es sich um ein männliches und ein weibliches Geschlechts-

teil handelte. Unter den Kunstwerken standen die Namen *Paul + Franzi*.

Franziska war, als würde man ihr den Boden unter den Füßen wegziehen. Sie verspürte abwechselnd den Impuls, zu fliehen oder das Ganze wegzuwischen. Aber damit würde sie es weder ungeschehen noch ungesehen machen. Nein, es galt, cool zu bleiben, auch wenn sie innerlich vor Scham und Wut kochte.

»Kann ich mal deinen Lippenstift haben?«, fragte sie Silke.

Silke wedelte abwehrend mit den Händen. »Ich war das nicht, ehrlich. Meiner ist pink. Da schau!«

Silke kramte rasch den Stift aus ihrem Täschchen. Es hing stets am tief sitzenden Gürtel ihrer Jeans, gleich unterhalb der kleinen Speckrolle.

»Darf ich?« Franziska nahm Silke den Lippenstift aus der Hand und malte hinter das Wort *Franzi* ein kleines, rosarotes *ska*.

»Danke«, sagte sie und gab der sprachlosen Silke den Lippenstift zurück. Sie reckte das Kinn und ging weiter. Hoffentlich, dachte sie, würde die Schule über die Ferien gründlich geputzt werden.

Die Ausgabe der Jahreszeugnisse drängte die Zeichnungen an der Klotüre in den Hintergrund des Interesses. Franziska hatte in den meisten Fächern ein »gut« oder »sehr gut«, nur hinter dem Fach Mathematik stand »befriedigend«. Sie hätte gern Paul nach seinen Noten gefragt, aber der Gedanke an die Zeichnungen hielt sie davon ab. Bestimmt hatte auch er sie bemerkt. Vielleicht tat es ihrer Beziehung ganz gut, wenn sie sich ein paar Wochen nicht sahen. Danach war die kindische Angelegenheit hoffentlich vergessen.

Franziska hatte Oliver im Verdacht. Aber was bezweckte er damit? Er war doch nicht etwa eifersüchtig? Er hatte sich doch bis jetzt nie für sie als geschlechtliches Wesen interessiert. Sie war das Mädchen, das drei Häuser weiter wohnte und das er schon aus der Sandkiste kannte. Hatte das Auftauchen von Paul etwas daran geändert?

Derart in Gedanken versunken, kam Franziska bei den Fahrradständern an. Weil heute alle gleichzeitig aushatten, herrschte ein ziemliches Gedränge. Oliver schwang sich gerade auf sein Rad und fuhr davon, anstatt wie sonst auf sie zu warten. Ha! Schlechtes Gewissen, was? Plötzlich wurde sie wütend. Na warte, dich hol ich schon noch ein! Sie zerrte ihr Rad zwischen den anderen heraus und sperrte das Schloss auf. Doch aus der Verfolgung wurde nichts. Ihr Hinterreifen war platt. Nach der Ursache brauchte sie nicht lange zu suchen: An der Seite des Mantels klaffte ein langer Riss.

»Verfluchte Kacke!«

»Kann ich dir helfen?«, fragte eine Stimme hinter ihr. Es war Alexandra, die gerade ihr Rad vom Ständer hob und sie neugierig ansah. Wo sie war, konnte Paul nicht weit sein, dachte Franziska und ließ ihren Blick rasch über die aus der Tür strömende Schülerschar wandern. Aber sie entdeckte ihn nirgends.

»Nein, danke, ich glaube nicht«, antwortete sie. »Der Reifen ist hin.«

Alexandra beugte sich über ihren Lenker und besah sich den Schaden.

»Echt Scheiße«, bestätigte sie.

»Schieb ich halt«, meinte Franziska und Alexandra hob bedauernd die Schultern. Sie war groß für ihr Alter, und obgleich sie nicht dick war, wirkte ihre Figur dennoch plump. Wie ein Sack, kaum Proportionen. Sie hatte die blauen Augen von Paul, aber ihr aschblondes Haar war dünn und glatt und ihre Gesichtszüge wirkten gröber als Pauls, was für ein Mädchen nicht unbedingt von Vorteil war. Aber wenn sie lächelte, so wie jetzt, bekam ihr

Gesicht etwas Leuchtendes. Ob Paul seiner Schwester von ihr erzählt hatte?

»Trotzdem schöne Ferien«, wünschte ihr Alexandra.

»Dir auch«, sagte Franziska und spielte mit dem Gedanken, einen Gruß an Paul hinzuzufügen. Aber in dem Moment sah sie ihn. Er wartete auf der anderen Straßenseite, neben ihm seine Mutter, beide saßen schon mit einer Pobacke auf ihren Sätteln, offensichtlich abfahrbereit. Etliche Eltern, in der Mehrzahl Mütter, waren an diesem letzten Schultag gekommen, um ihre Sprösslinge abzuholen. In vielen Familien war es Tradition, das Zeugnis und den Ferienbeginn im Eissalon, beim Italiener oder im Chinarestaurant zu feiern. Franziska und ihre Mutter waren bisher immer Eis essen gegangen, doch dieses Mal hatte Franziska abgelehnt. Sie sei, erstens, nicht mehr so kindisch und es wäre ihr, zweitens, lieber, für das Zeugnis ein paar Euro zu bekommen statt eines Eisbechers, der sie ohnehin nur dick mache. Frauke Saalberg hatte zuerst enttäuscht dreingeschaut und dann mit wissendem Lächeln genickt.

Insgeheim hatte Franziska gehofft, Paul würde sie zum Abschied auf ein Eis einladen oder sie wenigstens nach Hause begleiten.

War wohl nichts, dachte Franziska nun und winkte ihm zu. Er nickte kaum merklich zurück. Dann verschwand die Familie Römer aus ihrem Blickfeld und Franziska schob ihr kaputtes Rad den Berg hinunter. Ferien. Übermorgen ging ihr Flug. Franziska freute sich nicht so wie sonst auf Sonne und Meer. Sechs Wochen ohne Paul lagen vor ihr wie eine lange, öde Strecke.

22 Jeden Morgen um neun trafen sich die Ermittlungsgruppen, um ihren Wissensstand auszutauschen und die anstehenden Aufgaben untereinander zu verteilen. An diesem Morgen saßen fünfzehn Beamte im Besprechungsraum. Etwas weniger als sonst, die Ferienzeit machte sich bemerkbar. Hauptkommissar Udo Lamprecht leitete, wie jeden Morgen, die Teamsitzung.

Die letzten Tage waren ruhig verlaufen. Der Totschlag vor einem Klub im Amüsierviertel war innerhalb von zwei Tagen aufgeklärt worden, die männliche Leiche, die man vergangene Woche im Mittellandkanal gefunden hatte, war identifiziert, die Todesursache Selbstmord war durch das Gutachten der Rechtsmedizin belegt worden. Petra hatte einen Mann festgenommen, der seine Frau so verprügelt hatte, dass sie im Krankenhaus gestorben war. Aufgrund ihrer gesammelten Zeugenaussagen konnte ihn die Staatsanwaltschaft wegen Mordes anklagen. Der Fall hatte viel Zeit gekostet, denn anfangs wollten sich alle Zeugen »raushalten«. Lamprecht lobte ausdrücklich Petras Hartnäckigkeit. Doch dann folgte die seit Wochen unvermeidliche Frage:

»Gibt es Fortschritte in Sachen Katrin Pankau?«

Nein, es gab keine. Absolut nichts. Der Taucheranzug blieb verschwunden. Bei der Wasserwacht war lediglich zu erfahren gewesen, dass jede Menge Leute von den Taucherausrüstungen in der Hütte wusste oder wissen konnte. Im Grunde der ganze Campingplatz. Das Schloss an der Hütte war mit einem Brecheisen recht leicht zu knacken. Man hatte die Camper befragt, die an dem bewussten Wochenende auf dem Platz gewesen waren. Keiner hatte etwas Auffälliges bemerkt. Die Auswertung von Katrins Handy-Karte und der Daten ihres Computers hatte nichts ergeben, was für eine Sechzehnjährige nicht normal gewesen wäre.

»Tja«, meinte Lamprecht und runzelte seine Dackelstirn. »Es sieht also doch ganz nach einem Badeunfall aus. Zumindest haben wir keinen Anhaltspunkt, der auf das Gegenteil hinweisen würde«, resümierte der Dezernatsleiter.

»Also Einstellung der Ermittlungen?«, fragte Petra.

»Nein, natürlich ist es dafür zu früh«, wand sich Lamprecht. »Halten Sie nach wie vor die Augen offen. Man weiß ja nie. Aber ich kann nicht zwei oder noch mehr wertvolle Kräfte an einen Fall binden, der höchstwahrscheinlich gar keiner ist. Dafür haben wir zu wenig Personal. Oder haben Sie einen Vorschlag für einen neuen Ermittlungsansatz, Frau Gerres?«

»Nein«, gestand Petra.

Es war klar, worauf Lamprecht hinauswollte: Über kurz oder lang würde man Katrins Tod als Badeunfall deklarieren, damit er nicht als ungeklärter Mordfall in die Statistik einging. Die nahezu hundertprozentige Aufklärungsquote des Dezernats für Tötungsdelikte war Lamprecht überaus wichtig. Besonders im Hinblick darauf, dass der Polizeipräsident in zwei Jahren in Pension gehen würde.

»In Ordnung«, sagte Petra und machte Daniel Rosenkranz ein Zeichen, nur ja den Mund zu halten. Die Entwicklung kam auch ihr gelegen. Manchmal war es gut, wenn der Druck, Ergebnisse zu bringen, erst mal weg war. So konnte sie in aller Ruhe das tun, was Lamprecht »die Augen aufhalten« nannte.

23 Das Hotel auf Teneriffa hatte einen Internetzugang und nach ein paar Tagen schrieb Franziska eine E-Mail an Paul. Sie schilderte möglichst neutral, was sie bis jetzt unternommen hatten. Keinesfalls sollte er, der arbeiten musste, eine schwärmerische Schilderung eines Faulenzer-Urlaubs erhalten. Es dauerte bis zum Vortag ihrer Abreise, ehe Paul antwortete. Er berichtete von seiner Arbeit: frühmorgens den Strand kontrollieren und säubern, das Frühstücks-Buffet auftragen und nachfüllen, die Pflanzen gießen, nachmittags in der Küche bei den Vorbereitungen helfen, abends kellnern. *Genieße die Sonne und das warme Meer* schrieb er und erneut bekam Franziska ein schlechtes Gewissen.

Zu Hause dehnten sich die Tage erst recht in die Länge. Der einzige Lichtblick war Bruno, der für die Zeit von Tante Lydias Sommerurlaub ihr Feriengast war. So verbrachten sie und der Hund die Tage unter dem Apfelbaum im Garten, Bruno dösend, Franziska lesend.

In der vierten Ferienwoche kam Oliver zurück – die Haut gebräunt, das Haar noch blonder von der Sonne Südenglands. Seine Eltern hatten ihm einen Feriensprachkurs verordnet. Nachdem er zuerst gemeckert hatte, schien es ihm nachträglich gut gefallen zu haben.

»Tolle Frauen kennengelernt«, behauptete er.

Sie standen vor den Kassenautomaten des Schwimmbads, kramten nach Kleingeld. Vom Parkplatz her näherten sich Alexandra und ihre Mutter.

»Tag, Alexandra«, grüßte Franziska.

»Hi«, sagte Alexandra und ihr Gesicht war ausdruckslos wie ein Teller. Sie warf das vorbereitete Eintrittsgeld ein.

»Guten Tag«, sagte Franziska zu Pauls Mutter. Zum ersten Mal sah sie die Frau aus der Nähe. Die Proportionen ihres Gesichts ähnelten Pauls, auch hatte sie die gleichen blauen Augen, aber nicht Pauls kräftige Locken. Ihr Haar war dunkelblond und dünn, wie das von Alexandra.

»Ich bin Franziska Saalberg. Das ist Oliver Thate.«

Oliver grüßte knapp. Er hatte die passenden Münzen gefunden und widmete sich dem Automaten.

»Guten Tag«, sagte Frau Römer. Dass Franziska sie begrüßte, schien sie zu erstaunen. Sie warf Alexandra einen fragenden Blick zu, woraufhin diese mit einer Stimme, als koste sie jedes Wort Überwindung, erklärte: »Die zwei gehen in Pauls Klasse.«

Frau Römer nahm die Auskunft unbewegt zur Kenntnis und zog nun ebenfalls ihre Eintrittskarte. Franziska hörte, wie sie zu ihrer Tochter sagte: »Du kannst dich gerne deinen Freunden anschließen. Ich komme auch alleine zurecht.«

»Das sind nicht meine Freunde«, kam es scharf zurück. Achselzuckend folgte Frau Römer ihrer Tochter, die rasch durch das Drehkreuz schlüpfte.

»Franziska, worauf wartest du?«, fragte Oliver, denn Franziska stand noch immer regungslos vor dem Automaten. Eine seltsame Begegnung, fand sie und murmelte: »Ich komme schon.«

Im Schwimmbad hatte sich eine Clique aus den höheren Klassen versammelt, darunter Robert, der sich in aufreizender Weise mit Silke auf der Decke herumwälzte.

Franziska ging sofort ins Wasser. Oliver folgte ihr unaufgefordert. Franziska schwamm tausend Meter Brust in vierundzwanzig Minuten. Oliver hielt sich die ganze Zeit neben ihr, aber auf den letzten Bahnen musste er beweisen, dass er noch Reserven hatte, und hängte sie um eine halbe Bahn ab.

Grinsend saß er auf der Bank neben dem Becken und ließ sich an der Sonne trocknen, als Franziska aus dem Wasser stieg. Sie

duschte, wickelte sich in ihr Handtuch und setzte sich neben ihn. Sie war noch immer ein wenig außer Atem.
»Das war gut«, lobte sie. »Ich muss wieder mehr trainieren.«
»Du bist jetzt die Klassenbeste bei den Mädchen«, sagte Oliver, und das unausgesprochene *wo Katrin nicht mehr da ist* hing in der Luft.
»Ich wollte dich was fragen«, begann Franziska vorsichtig. »Aber sei nicht gleich sauer, wenn's nicht stimmt.«
»Wenn was nicht stimmt?«
»Diese Zeichnungen am letzten Schultag an der Klotür – hast du die gesehen?«
Oliver betrachtete intensiv seinen großen Zeh und nickte dabei. »Mhmm.«
»Warst du das?«
Jetzt hob er den Kopf und sah Franziska offen ins Gesicht. »Sag, spinnst du?«
»Ich frag ja nur.«
»Ich höre es. Und ich frag dich, ob du noch bei Trost bist, mir so was Saublödes zuzutrauen!«
Er sprang wütend auf.
»Oliver, setz dich hin, bitte. Es tut mir leid«, sagte Franziska, die ihm in diesem Moment wirklich glaubte. »Aber wer war es dann?«
Oliver setzte sich wieder hin. Er schnaubte noch ein paar Mal vor Empörung wie ein Pferd, dann wiederholte Franziska ihre Frage: »Wer war es dann, was meinst du?«
»Weiß ich doch nicht. Bin ich ein Detektiv?«
»Hätte ja sein können, dass du was beobachtet hast. Oder dass sich wer damit gebrüstet hat – so unter Männern.«
»Es könnte doch genauso gut eine von den Tussen gewesen sein, die in letzter Zeit alle für deinen neuen Freund schwärmen«, meinte Oliver.

»Paul ist nicht mein Freund«, protestierte Franziska.
Oliver anwortete nicht darauf.
»Welche Tussen?«, hakte Franziska nach.
»Silke, Ute, wie sie alle heißen. Sind doch alle hinter dem her. Und die Hühner von gegenüber, aus der Französisch-Klasse, hab ich auch schon über ihn tuscheln hören. Mein Gott, was sind Weiber dämlich!«, ereiferte sich Oliver.
»Bist du sauer, weil du nicht mehr der Schönste im Land bist?«, stichelte Franziska.
»Quatsch!«, zischte Oliver, aber dann sah er Franziska ernst an und sagte: »Ich muss dir auch was erzählen. Über deinen Freund oder Nicht-Freund Paul.«
»Ja?« Franziska konnte sich nicht gegen die Vorahnung wehren, dass ihr Oliver gleich etwas Unangenehmes sagen würde.
»Paul hat doch vorher in Braunschweig gewohnt«, begann Oliver.
»Das ist kein Geheimnis.«
»In meinem Ferien-Sprachkurs war ein Mädchen aus Braunschweig. Sie hieß Meike. Die ist mit Paul in dieselbe Schule gegangen. In die Parallelklasse.«
»Ja, und?«, fragte Franziska ungeduldig.
»Ihre Freundin war mit Paul zusammen. Sie hieß Solveig.«
Woher kam plötzlich dieser Stein in ihrer Brust? Eine Freundin. Bestimmt war die Sache noch gar nicht zu Ende. Braunschweig–Hannover, das war ja keine Riesenentfernung, eine halbe Stunde mit dem Zug. Das also war der Grund für Pauls Zurückhaltung, deshalb wirkte er manchmal so abweisend.
Hände klatschten auf Olivers und Franziskas Schulter. Die beiden fuhren herum.
»Leute, kommt ihr mit zum Kiosk?«, fragte Robert. Silke stand in seinem Windschatten und schüttelte ihr Haar zurecht.

»Klar doch.« Oliver sprang sofort auf und schien mit den Gedanken schon woanders zu sein.
»Ich hol nur rasch Geld.« Er rannte in Richtung Decke.
Franziska seufzte resigniert. »Bring mir mein T-Shirt mit«, rief sie ihm nach.

Vor dem Kiosk standen halb nackte Menschen, es roch nach frisch gemähtem Rasen, Pommes und Sonnenöl. Der Geruch des Sommers. Oliver und Robert hatten jeder ein Glas Weizenbier vor sich auf dem Tisch, Franziska und Silke einen Eiscafé. Die Sprungbretter waren geöffnet, immer wieder ertönte ein lautes Platschen, wenn jemand vom Dreier oder vom Fünfer sprang. Ab und zu pfiff der Bademeister und bellte Ermahnungen durch den Lautsprecher. Kleinkinder mit ketchup- und eisverschmierten Gesichtern wuselten zwischen den Tischen herum. War dieser Junge mit den Brausestäbchen in der Hand nicht Katrins kleiner Bruder? Franziska war nicht sicher, aber dennoch löste der Anblick des Kindes ein ungutes Gefühl in ihr aus. Sie hatte nach Katrins Beerdigung immer mal bei den Pankaus vorbeischauen wollen. Auch ihre Mutter hatte gemeint, dass »sich das gehörte«. Doch Franziska hatte den Besuch von Tag zu Tag aufgeschoben. Was sollte sie mit diesen Leuten, die ihr im Grunde fremd waren, jetzt noch reden? Noch schlimmer war: Durch ihren Tod war ihr auch Katrin fremd geworden – oder wurde es zumindest immer mehr. Den freien Platz in der Schulbank hatte nach drei Tagen die kurzsichtige Ruth eingenommen. »Ich kann von hier besser an die Tafel sehen«, hatte sie gesagt. Franziska hatte ihr dankbar zugelächelt.
Nach der Beerdigung hatte keiner der Schüler mehr von Katrin gesprochen. Als wäre ihr Tod ein peinlicher Vorfall, den es rasch zu verdrängen galt. Und wenn Franziska ehrlich war –

auch sie hatte mit niemandem über Katrin geredet. Nur einmal mit ihren Eltern, weil die sich sorgten, wie Franziska das alles »verkraftete«.
Ihre Gedanken schweiften ab. Paul. Was tat er wohl gerade? Stand er in der Hotelküche und schnippelte Salat für das Abendessen der Gäste, während sich seine Mutter und seine Schwester hier im Schwimmbad vergnügten?
Vorgestern hatte Franziska Paul ihre Handy-Nummer gemailt. Seitdem hoffte sie auf einen Anruf oder wenigstens eine SMS. Aber es kam nichts und Franziska bereute es inzwischen. Besonders nach dem, was Oliver vorhin angedeutet hatte. Was hatte er ihr noch erzählen wollen?
Robert stellte sein Bierglas ab und stieß einen krachenden Rülpser aus.
»Du Sau«, kicherte Silke und schlug ihm auf den Schenkel.
Oliver kniff die Augen zusammen und schirmte sie mit der Hand gegen die Sonne ab.
»Schaut mal, wer da kommt«, brummte er und deutete auf eine blonde Frau, die sich zielstrebig auf sie zubewegte. Sie trug ein khakifarbenes Sommerkleid, das ihr etwas Militärisches verlieh.
»Schön, dass ich euch hier alle antreffe. Darf ich mich einen Moment setzen?« Oberkommissarin Petra Gerres stellte ihre Badetasche ab und zog sich einen der Plastikstühle heran.
»So ein Zufall aber auch«, bemerkte Robert vorlaut.
Petra fixierte ihn durch ihre Sonnenbrille und lächelte. Natürlich war es kein Zufall. Sie wandte sich an Robert und deutete auf den Saum seiner Badehose. »Das ist das Rettungsschwimmer-Abzeichen, nicht wahr?«
»Ja«, sagte Robert.
»Lernt man dabei auch tauchen?«, fragte Petra Gerres.

»Tauchen?«, fragte Robert zurück.
»Ja. Mit Anzug und Flasche.«
»Nee.«
»Bist du schon mal getaucht?«
»Ich habe mal einen Kurs gemacht«, gab sich Robert auskunftsfreudig. »Aber es war langweilig. Was will man hier sehen? Für die Algen im Steinhuder Meer reicht ein Schnorchel. Und den hab ich – wollen Sie ihn sehen?« Er grinste breit und trank von seinem Weizenbier. Franziska und Silke verdrehten in seltener Einmütigkeit die Augen. Die Kommissarin ignorierte die Frechheit.
»Und ihr?«, fragte sie in die Runde. »Ist jemand von euch dabei, der taucht?«
Vermutlich sah sie sie der Reihe nach an, was wegen der dunklen Sonnenbrille nicht ohne Weiteres zu erkennen war.
»Ich will gar nicht wissen, was da unter mir kreucht und fleucht«, bekannte Silke und zog ihr Näschen kraus.
»Vom Tauchen bekomme ich Ohrenschmerzen«, sagte Franziska wahrheitsgemäß.
»Ich bin ein paar Jahre lang im Sommerurlaub getaucht«, berichtete Oliver. »In Kroatien. Aber hier lohnt sich das nicht. Wie Robert schon sagt: Man sieht nix Dolles.«
»Ihr beide könntet also mit Tauchzubehör umgehen«, stellte Petra Gerres fest.
»Da bin ich mir nicht sicher«, sagte Robert. »Mein Kurs ist schon ewig her.«
»Warum wollen Sie wissen, ob wir tauchen?«, erkundigte sich Oliver misstrauisch, und als die Kommissarin mit der Antwort zögerte, orakelte er: »Wollen Sie damit sagen, dass Katrin von einem Taucher . . .« Er führte den Satz nicht zu Ende.
»Ja? Was wolltest du sagen?«, hakte Petra nach.

»Nichts«, murmelte Oliver und starrte mit gerunzelter Stirn auf die Tischplatte.
»Wie weit sind Sie mit den Ermittlungen? Es stand nichts mehr in der Zeitung, keiner sagt einem was«, beklagte Franziska.
Petra gab Auskunft: »Nun, beim gegenwärtigen Stand der Ermittlungen gehen wir von einem Badeunfall aus.«
»Und warum sind Sie dann hier und fragen uns, ob wir tauchen?«, fragte Oliver erneut.
»Dürfen Sie das überhaupt?«, sprang ihm Robert zur Seite.
»Dies ist kein Verhör, ich wollte mich nur mit euch unterhalten«, grinste Petra.
»Iih, ich geh nie wieder im See schwimmen«, quiekte Silke. »Stell dir vor, da lauert in der Tiefe ein Taucher, und wenn du gerade so ahnungslos über ihm schwimmst, dann packt der dich an den Beinen und zieht dich runter . . .« Sie schüttelte sich theatralisch. Ihre bierdeckelgroßen Kreolen klimperten.
Franziska hatte es vor Entsetzen die Sprache verschlagen.
»Haben Sie Paul Römer auch schon gefragt, ob er taucht?«, platzte Oliver heraus.
»Wieso kommst du gerade auf den?«, fragte Petra zurück.
»Ehe Sie uns hier verdächtigen, sollten Sie sich mal umhören, was mit seiner letzten Freundin passiert ist.«
»Was ist denn passiert?«, fragte die Kommissarin.
Alle sahen nun gespannt auf Oliver, der auf einmal verlegen wurde. Aber jetzt gab es kein Zurück. »Seine letzte Freundin hatte im Herbst einen Fahrradunfall.«
»Was?«, stieß Franziska verwirrt hervor.
»Ja. Sie ist tot. Kapierst du? Tot. Wie Katrin.« Oliver hatte sich über den Tisch gebeugt und dabei Franziska die Worte entgegengeschrien, als habe er die Anwesenheit der Kommissarin und der anderen vergessen.

Danach blieb es für kurze Zeit still am Tisch. Geistesabwesend sah Franziska zu, wie Pauls Schwester Alexandra gerade die Leiter zum Fünferbrett erklomm. Obwohl Franziska in der prallen Sonne saß, merkte sie, wie sich die Härchen an ihren Armen aufrichteten.

Tot. Wie Katrin.

»Wow«, sagte Robert schließlich.

»Was war denn das für ein Unfall?«, fragte die Polizistin.

Doch anscheinend bereute Oliver inzwischen sein Vorpreschen. »Keine Ahnung. Fragen Sie doch selbst nach«, gab er unwirsch zurück. »Das ist doch Ihr Job.«

»Gut, dass du mich darauf hinweist, das hätte ich sonst glatt vergessen.« Die Kommissarin stand auf. »War nett, mit euch zu reden«, sagte sie freundlich in die Runde. »Einen schönen Tag noch.« Sie nahm ihre Badetasche und entfernte sich in Richtung der Umkleiden. Als sie auf der Höhe des Sprungbeckens war, flog Alexandra wie ein Pfeil durch die Luft und tauchte fast ohne Spritzer in das Türkis des Beckens.

Kaum war die Polizistin außer Hörweite, ging Franziska wie eine Furie auf Oliver los. »Sag mal, bist du völlig bescheuert? Was war denn das jetzt? Wie kannst du Paul so anschwärzen? Noch dazu in seiner Abwesenheit. Das finde ich so was von feige!«

»Aber wenn es doch wahr ist«, verteidigte sich Oliver.

Selbst wenn, dachte Franziska. Musste er das der Polizistin unter die Nase reiben?

»Es wundert mich, dass die Bullen das nicht selbst rausgekriegt haben«, sagte Robert verächtlich.

»Warum sollten sie in Pauls Vergangenheit herumschnüffeln? Er ist nicht verdächtiger als wir alle«, ergriff Franziska erneut

Pauls Partei. Oder suchte sie nur Argumente gegen die wachsende Verunsicherung, die von ihr Besitz ergriff?

»Wenn ich das richtig sehe, dann ist Katrin das zweite Mädchen aus seinem Dunstkreis, das jetzt tot ist«, stellte Oliver fest.

»Vielleicht ist er ein Serienkiller«, flüsterte Silke und kicherte nervös.

»Du bist doch so was von dämlich!«, herrschte Franziska sie an.

»Was ist mit dir los? Bist in Paul verknallt, was?«, keifte Silke zurück.

»Mädels, beruhigt euch«, mahnte Robert großkotzig.

Franziska ertrug die Gegenwart der anderen nicht länger. Ohne ein weiteres Wort stand sie auf und verließ den Tisch. Ihr war plötzlich übel, und das lag nicht am Pommes-Geruch, der über den Tischen waberte.

24

Petra Gerres schwamm zwanzig Bahnen in rekordverdächtiger Zeit. Sie würde Muskelkater bekommen, aber die Bewegung war geeignet, ihren Ärger abzureagieren. Sie hatte Kommissar z. A. Daniel Rosenkranz gebeten, die einzelnen Mitschüler von Katrin Pankau zu überprüfen. Bei Paul Römer hatte er die Sache mit der Körperverletzung herausgefunden, und als er aus dem Internet zudem noch erfahren hatte, dass Paul Jugend-Landesmeister im Karate gewesen war, hatte ihn die Begeisterung über seine Entdeckungen offenbar davon abgehalten, Paul Römers Vergangenheit noch weiter zu durchleuchten. Ehemalige Mitschüler und Lehrer von Paul hätten sicherlich von dem Fahrradunfall erzählt. Doch Petras Ärger galt nicht Daniel. Daniel war ein Frischling. Nein, Sie selbst hatte einen

Fehler gemacht: Sie hätte sich nicht blind auf ihn verlassen dürfen.
Badeunfall, Fahrradunfall ... dachte Petra und wich einer alten Dame mit rosa gekrauster Bademütze aus.
Tot. Wie Katrin.
Gleich morgen früh würde sie der Sache nachgehen. Sie tauchte unter und genoss für Sekunden die Ruhe unter Wasser.

25

Zu Hause fand Franziska eine E-Mail von Paul vor. Er erzählte auf ironische Weise von einem Ausflug mit seiner Tante nach Swinemünde in Polen. *So viel Ramsch wie auf diesem Markt hinter der Grenze habe ich noch nie im Leben gesehen. Es gibt Dinge zwischen Himmel und Erde, die sind von geradezu unbeschreiblicher Geschmacklosigkeit ...* Es folgten noch ein paar Anekdoten über launische Hotelgäste und einen cholerischen Koch, aber kaum Persönliches. Kein *Ich vermisse dich* oder wenigstens *Ich denk an dich*, worauf Franziska klammheimlich gehofft hatte. Sie überlegte, ob sie ihm den Besuch der Kommissarin im Schwimmbad schildern sollte, aber es war schwierig, die richtigen Worte zu finden. Überdies war sie sich noch nicht einmal selbst im Klaren darüber, was von all dem zu halten war. Ein Zufall? Natürlich! Es musste ein Zufall sein, alles andere würde ja bedeuten ... Sie weigerte sich, solche Gedanken zuzulassen.
Gleichzeitig meldete sich eine andere, teuflische innere Stimme zu Wort: *Sei doch froh! Eine tote Freundin ist doch besser als eine lebendige.*
Ich bin zynisch und egoistisch, dachte sie voller Selbstekel.
Schließlich schrieb sie nur: *Paul, ruf mich bitte an, es ist wichtig!*

26

Als Oberkommissarin Petra Gerres das Büro betrat, war es noch nicht einmal halb acht. Ungewöhnlich früh für ihre Verhältnisse, aber heute strotzte sie vor Tatendrang. Zuerst telefonierte sie mit einem Hauptkommissar Volker Baumann aus Braunschweig. Danach hatte sie eine kurze Unterredung mit ihrem Chef und verbrachte anschließend zusammen mit Frau Kulm, der Sekretärin des Dezernats, eine halbe Stunde am Kopierer. Nebenbei wartete Petra ungeduldig auf Daniel Rosenkranz. Der traf eine halbe Stunde später ein und war erstaunt.

»Du? So früh? Leidest du an präseniler Bettflucht oder hat dich einer rausgeschmissen?«, erkundigte er sich fürsorglich.

»Ich bin so früh da, um deine Versäumnisse im Fall Katrin Pankau auszubügeln«, knurrte Petra.

»Wieso Versäumnisse?«, fragte Daniel und zog in einer instinktiven Bewegung den Kopf ein.

»Das erkläre ich dir unterwegs. Wir fahren nach Braunschweig.«

»Was soll ich da? Was ist mit der Teamsitzung?«

»Wir sind entschuldigt. Lamprecht weiß Bescheid.« Petra raffte die Papiere zusammen und stopfte sie in eine große schwarze Aktentasche.

»Kann ich nicht noch schnell einen Kaffee . . .«

»Nein.« Sie drückte Daniel die Aktentasche in die Arme und rauschte aus der Tür. Daniel hastete ihr nach. »Der Tag fängt ja prächtig an«, murmelte er vor sich hin.

27 Eine Nacht voller verstörender Träume lag hinter ihr. Um halb acht war Franziska hellwach. Dennoch fühlte sie sich nicht ausgeruht. Sie ging in die Küche, wo ihre Mutter gerade frühstückte und dabei, wie immer, die Zeitung las. Bruno saß vor dem Tisch und ließ Fraukes Müsli-Schale nicht aus den Augen.

»Du? So früh? Hast du was vor?«

»Nein«, sagte Franziska und strich Bruno über den Kopf. »Morgen, Bruno!« Bruno hatte nur ein kurzes Schwanzwedeln für Franziska übrig. Zwei dünne Fäden zogen sich von seinen Lefzen bis auf den Küchenboden.

»Gierschlund! Bettelnase!«

Das Telefon läutete.

»Geh du ran, ich bin nicht da.« Ihre Mutter ließ sich beim Zeitunglesen nur ungern stören.

»Hallo, ich bin's, Paul.«

Seine Stimme! Sie hatte ganz vergessen, was für eine Wahnsinns-Stimme er hatte.

»Hallo.«

»Was gibt es so Dringendes?«

Dummerweise hatte Franziska den Anruf auf dem Apparat, der fest im Flur verankert war, angenommen. In der Küche würde man jedes Wort verstehen.

»Kannst du mich gleich noch mal auf meinem Handy anrufen?«, bat Franziska leise.

»Wenn du mir die Nummer gibst.«

»Die hab ich dir doch gemailt.«

»Tatsächlich?«, kam es verwundert.

»Ja, vor einer knappen Woche.«

Verdammt, das hätte nicht so vorwurfsvoll klingen sollen.

»Komisch«, murmelte Paul. »Die Mail muss ich verschlampt haben.«
Verschlampt? Er verschlampte ihre Mails!?
Sie nannte Paul die Nummer und der versprach, gleich wieder anzurufen. Franziska hetzte die Treppe hinauf, in ihr Zimmer, wo sie sich mit dem Handy aufs Bett setzte. Tatsächlich klingelte es kurz darauf.
»Ich war unten, meine Mutter konnte jedes Wort mithören«, erklärte sie.
»Haben wir Geheimnisse?«, fragte er und das »wir« zerging wie Karamell in ihren Ohren. Doch dann besann sie sich auf den Anlass des Gesprächs.
»Gestern war diese Kommissarin im Schwimmbad. Ich war mit einigen von der Klasse zusammen da . . .« Sie zählte umständlich die Namen auf, als ginge es darum, Zeit zu schinden. »Sie hat von uns wissen wollen, ob wir tauchen können.«
»Das hat sie mich auch schon gefragt«, antwortete Paul gelassen. »Ich habe Nein gesagt.«
»Das war noch nicht alles«, fuhr Franziska fort. Allerdings schwindelte sie nun ein bisschen: »Sie hat was von einem Mädchen gesagt, das an deiner früheren Schule war. Sie soll mit dem Rad tödlich verunglückt sein.«
Franziska wusste selbst nicht, warum sie ihm nichts von Olivers Verrat sagte. Empfand sie eine gewisse Loyalität ihm gegenüber, aufgrund ihrer jahrelangen Freundschaft? Sie wartetet, ob Paul etwas dazu sagen würde. Aber der schwieg.
Nervös und verunsichert fügte Franziska hinzu: »Ich dachte, es ist besser, du weißt Bescheid, falls die Polizei dich anruft.«
Wieder blieb es ein paar Sekunden still, dann fragte Paul: »Und was denkst du darüber?«
»Nichts. Ich weiß doch gar nichts über die Sache in Braunschweig.«

Sie hoffte auf eine Erklärung, aber Paul sagte nur schlicht: »Danke.«
»Was war mit dem Mädchen?«
»Ich muss jetzt aufhören. Mein Onkel guckt schon ganz sauer. Mach's gut.«
»Können wir . . .?«
Franziska brach ab und starrte den Hörer an, aus dem ein monontones Geräusch drang.

28

Eine Stunde später wurden sie von Hauptkommissar Volker Baumann mit Kaffee und Keksen in dessen Büro empfangen.
»Ich habe die gesamten Akten hier.« Baumann öffnete den Deckel eines Ordners. Gleich auf der ersten Seite war das Bild eines jungen Mädchens. Schmales Gesicht, große, ausdrucksvolle Augen. Hübsch, dachte Petra. Mehr Klasse als Katrin. Aber die war ja auch nur ein Abenteuer, wenn man den Angaben von Paul Römer glauben durfte.
»Vielleicht erkläre ich Ihnen kurz die wichtigsten Fakten«, begann Baumann.
Petra nickte, sie hatte den Mund voll Butterkeks. Ihr Magen hatte die ganze Fahrt über geknurrt.
»Solveig Koller war fünfzehn Jahre alt und eine begeisterte Reiterin. Sie nahm regelmäßig Reitstunden, immer am Dienstag und Donnerstag um dieselbe Zeit, von halb fünf bis halb sechs. Am 23. November verließ das Mädchen die Reithalle um zwanzig vor sechs, so wie immer. Um diese Zeit herrschte schon fortgeschrittene Dämmerung, und weil es noch dazu regnete, war

es sicherlich schon dunkel. Der Weg vom Reitstall zu ihrem Wohnhaus führte durch diese Gegend hier ...« Er stand auf und trat vor eine große Landkarte, die an der Wand hing und die Stadt Braunschweig und Umgebung zeigte. Er war groß und hatte eine drahtige Figur. Mit einem Bleistift deutete er auf eine grüne Fläche östlich der Stadt.

»Es ist ein Feldweg, aber gut befestigt. Er ist für Autos gesperrt, nur die Zufahrt zum Reitstall ist gestattet. Also herrscht dort kaum Verkehr.« Er wies mit dem Finger auf eine Stelle und erklärte: »In diesem kleinen Waldstück hier geht es auf einer Strecke von dreihundert Metern leicht bergab. Etwa in der Mitte dieser Strecke fand eine Pferdebesitzerin, die mit ihrem Jeep vom Reitstall kam, das Mädchen. Das war gegen neunzehn Uhr. Sie lag am Wegrand, ihr Fahrrad befand sich einige Meter weiter weg, mitten auf dem Weg. Die Frau wählte sofort den Notruf und versuchte Wiederbelebungsmaßnahmen. Der Notarzt traf zehn Minuten später ein, konnte aber nur noch den Tod aus ungeklärter Ursache feststellen. Bei der Obduktion ergab sich zunächst, dass das Mädchen mit dem Kopf auf einen Stein oder etwas ähnlich Hartes aufgeschlagen sein muss. Der Schädelbruch führte zum Tod. Die Details finden sie im Gutachten des Rechtsmediziners.« Kommissar Baumann unterbrach sich und trank aus seinem Kaffeebecher. Petra tat es ihm nach. Wieder knurrte ihr Magen.

»Verzeihung«, sagte Petra. »Ich hatte heute noch keine Zeit zum Frühstücken.« Baumann reichte ihr lächelnd die Packung Kekse hinüber. Er hatte feingliedrige Hände und trug keinen Ehering.

»Geht mir auch oft so«, sagte der Hauptkommissar. Aha. Also kein treu sorgendes Weibchen zu Hause, das ihm morgens die Stullen schmierte. Wahrscheinlich war er geschieden, wie die

meisten Polizisten seines Alters, kombinierte Petra. Sie schätzte ihn auf Anfang vierzig.
Daniel hatte offenbar die Faxen dicke, er räusperte sich und fragte: »Sie sagten, dass man *zunächst* annahm, dass sie mit dem Kopf auf einem Stein aufgeschlagen sein muss und daran gestorben ist. War es denn nicht so?«
Baumann wiegte den Kopf hin und her. »Es gibt einige Unklarheiten in diesem Fall. Die Suche nach Spuren wurde durch den Regen, der an dem Abend geherrscht hatte, erschwert. Man fand zwar ein wenig Blut an der Stelle, an der sie gelegen hatte, aber dort lag nirgends ein großer Stein.«
Obwohl Daniel die Frage gestellt hatte, hatte Hauptkommissar Baumann während seiner Erklärung Petra angesehen.
Er hat bernsteinfarbene Augen, bemerkte diese. Hübsche, treue Hundeaugen.
»Und warum ist sie überhaupt gestürzt?«, fragte Petra.
»Das haben wir uns auch gefragt. Das Fahrrad ging zur kriminaltechnischen Untersuchung. Dort konnte man keine Mängel am Rad feststellen. Es gab auch keine Bremsspur. Die könnte jedoch durch den Regen und das nachfolgende Fahrzeug verwischt worden sein. Aber die Kollegen von der Spurensicherung entdeckten etwas anderes.«
Er machte eine Kunstpause und Petra tat ihm den Gefallen, ihn erwartungsvoll anzusehen.
»An zwei gegenüberliegenden Bäumen waren etwa auf Kniehöhe Einschnitte in der Rinde zu sehen.«
»Einschnitte?«, fragte Daniel. »Was für Einschnitte?«
»Sie ist vermutlich gestürzt, weil jemand an diesen zwei Bäumen einen Draht befestigt und über den Weg gespannt hat.«
»Und wo war der Draht?«, wollte Petra Gerres wissen.
»Weg.«

Für einen Moment war es still im Büro, dann sagte die Kommissarin: »Das heißt, jemand muss, kurz bevor Solveig den Weg entlanggefahren kam, den Draht um die Bäume gespannt haben. Nach dem Sturz des Mädchens hat derjenige den Draht wieder entfernt und das Mädchen liegen lassen.«
»Und ihr vielleicht sogar vorher noch den Schädel eingeschlagen«, ergänzte der Kommissar.
»Mein Gott!«
»Der Rechtsmediziner sagt, die Schädelverletzung kann sowohl von einem Sturz auf einen stumpfen Stein, als auch von einem Schlag mit einem solchen herrühren«, erklärte Hauptkommissar Baumann. »Die Lage der Leiche und die Verletzungen sprechen eher für Letzeres. Das linke Schlüsselbein war gebrochen, aber die Schädelfraktur war auf der rechten Seite.«
Die Kommissarin stieß langsam den angehaltenen Atem aus und sagte: »Also haben wir es mit einem Mord zu tun. Einem geplanten und eiskalt und grausam durchgezogenen Mord.«
»Oder mit zweien«, ergänzte Daniel.
»Das Problem ist: Es lässt sich leider nicht mit hundertprozentiger Sicherheit sagen, dass es tatsächlich so war. Wie gesagt, die Spurenlage war durch den Regen dürftig, die Ersthelferin und der Notarzt haben das Mädchen bewegt und dabei womöglich noch die letzten Spuren zerstört.«
»Aber der Draht . . .«, warf Petra ein.
»Schnitte von einem Draht«, korrigierte Baumann. »Sie waren zwar relativ frisch, aber wann genau sie entstanden sind, das lässt sich nicht sagen. Natürlich haben wir seither in alle Richtungen ermittelt. Das Problem ist: Wir fanden kein Motiv für den Mord an einer Fünfzehnjährigen. Es war kein Sexualverbrechen, auch kein Raubmord – was bleibt da noch?«
»Liebe, Hass, Eifersucht«, antwortete Petra ohne Zögern.

Baumann nickte. »Es wurden über hundert Freunde, Freundinnen, Mitschüler, Verwandte, Nachbarn vernommen. Solveig war klug, beliebt und harmlos. Keine Feindschaften außer den üblichen kleinen Eifersüchteleien. Die Familienverhältnisse waren intakt – nirgends ein Anhaltspunkt. Wir sind in dieser Sache noch keinen Schritt weiter«, gestand er. »Es ist nicht auszuschließen, dass es sich um eine fahrlässige Tötung handelt; einen sogenannten Dummejungenstreich, der dann schlimmer ausgegangen ist als beabsichtigt. So was wie Steine von der Autobahnbrücke werfen, Sie wissen schon. Manchmal kommen Kinder ja auf die seltsamsten Ideen. Wir haben in dem Wohngebiet, das an den Wald grenzt, sämtliche Familien befragt, in der Hoffnung, dass irgendein Jugendlicher oder ein Kind kalte Füße bekommt und was ausplaudert.« Baumann hob die kräftigen Schultern und ließ sie ratlos wieder sinken. »Nichts.«

Er sah Petra aufmerksam an. »Und bei Ihnen?«

»Wir haben ein totes Mädchen, Katrin Pankau, sechzehn Jahre alt. Ertrunken im Blauen See bei Garbsen in der Nacht vom sechsten auf den siebten Juli.« Petra schilderte die näheren Umstände und kam zu dem Schluss: »Es ist ähnlich wie bei diesem Fall. Es *könnte* ein Mord gewesen sein. Aber ebenso gut ein Unfall. Eine Straftat ist bislang nicht zu beweisen. Auffällig ist nur, dass in derselben Nacht eine Taucherausrüstung der Wasserwacht gestohlen wurde.«

»Und wo sehen Sie den Zusammenhang der beiden Fälle?«, fragte Baumann. »Ich meine – die eine verunglückt mit dem Rad und die andere beim Schwimmen.«

»Solveig hatte einen Freund, Paul Römer. Stimmt das?«, vergewisserte sich Petra.

»Moment.« Baumann blätterte in der Akte. »Ja. Hier ist das Vernehmungsprotokoll mit ihm. Soweit ich mich erinnere, war der Junge damals völlig am Boden zerstört.«

»Paul Römers Familie ist vor ein paar Wochen umgezogen. Katrin Pankau war seine Klassenkameradin. Sie hat mit ihm ein Schäferstündchen im Zelt verbracht, kurz bevor sie ertrunken ist.«

Hauptkommissar Volker Baumann strich über sein etwas nachlässig rasiertes Kinn und tat einen schweren Atemzug.

Er und die Kommissarin aus Hannover sahen sich an und Volker Baumann sprach den Gedanken aus, den sie beide hatten: »Das ist allerdings auffällig.«

Der Kommissar sah auf die Uhr. »Ich muss leider in eine dringende Besprechung. Ich würde Ihnen jetzt sofort die Akten kopieren lassen, Frau Gerres, und möchte Sie bitten . . .«

»Ich habe unsere Kopien schon dabei«, unterbrach ihn Petra und wies auf ihre pralle Aktentasche.

»Sehr gut.« Sein Gesicht strahlte. »Ich schlage vor, dass wir die Unterlagen gegenseitig studieren und uns so bald wie möglich noch einmal zusammensetzen, wenn wir uns mit der Aktenlage vertraut gemacht haben.«

Der Vorschlag gefiel Petra. Sie stapelte die Kopien auf Baumanns Schreibtisch. Endlich, dachte sie, endlich kommt Bewegung in die Sache.

Baumann gab zuerst Daniel und dann Petra die Hand. Sein Händedruck war wohldosiert.

»Danke für Ihren Besuch. Wir bleiben in Verbindung«, sagte er zu Petra.

Warum nicht, dachte sie und lächelte ihm zu.

29 Franziska lag auf ihrem Bett und horchte auf die Geräusche von unten: Der Schuhschrank klappte, die Bügel schlugen an die Garderobe, ein Schlüsselbund klimperte, Bruno wurde ermahnt, brav zu sein. Acht Uhr. Ihre Mutter war im Aufbruch begriffen. Franziskas Vater verließ das Haus immer schon gegen sieben Uhr. Er war Controller bei der Reifenfirma Continental, Franziska hatte nur sehr vage Vorstellungen davon, was er dort den ganzen Tag machte. Ihre Mutter dagegen erzählte fast jeden Tag Anekdoten aus der Rundfunk-Redaktion, außerdem lagen überall im Haus die Spuren ihrer Arbeit, Bücher, Zeitschriften und Manuskripte.
Franziska hörte Schritte auf der Treppe und griff schnell nach einem Buch auf dem Nachttisch. Ihre Mutter öffnete die Tür. Bruno drängelte an ihr vorbei und hechtete aufs Bett.
»Runter«, befahl Franziska halbherzig. Der Hund machte es sich auf dem Kopfkissen gemütlich.
»Tschüss Franziska, ich geh dann.«
»Ist gut.«
»Im Kühlschrank ist noch Nudelsalat für heute Mittag.«
»Ist gut.«
»Wer war das eben am Telefon?«
»Niemand.«
»Grüß den Niemand schön von mir«, lächelte Frauke Saalberg vielsagend und schloss die Tür.
»Besser nicht«, flüsterte Franziska.
Bis jetzt hatte sie noch nie schwerwiegende Geheimnisse vor ihren Eltern gehabt. Vor allem mit ihrer Mutter konnte man sich über die meisten Dinge des Lebens recht gut unterhalten. Die andernorts üblichen Mutter-Tochter-Konflikte hielten sich bei ihnen in engen Grenzen. Sie waren keine Freundinnen, Frauke

Saalberg ließ niemals Zweifel aufkommen, dass sie in letzter Konsequenz die Autoritätsperson war. Aber sie war dabei nicht rechthaberisch und stand den meisten Dingen aufgeschlossen gegenüber. Nur einmal waren sie wegen einer Tätowierung ernsthaft aneinandergeraten. Frauke Saalberg hatte ihrer dreizehnjährigen Tochter diese Art des Körperschmucks schlichtweg verboten. Ihr Mann hatte sie darin unterstützt und Franziska war ihren Eltern inzwischen sehr dankbar dafür. Längst war der Satz *Denk an das Arschgeweih* zu einem geflügelten Wort in der Familie geworden und bedeutete so viel wie »Denk noch einmal nach, ehe du Dinge tust, die sich nicht rückgängig machen lassen«.
Aber nun hatte Franziska zum ersten Mal das Bedürfnis, etwas Wichtiges zu verheimlichen. Sie konnte nicht sagen, warum, aber sie ahnte, dass ihre Eltern die momentane Entwicklung der Dinge nicht unbedingt gutheißen würden.
Franziska überlegte. Sie musste sich wohl oder übel wieder mit Oliver vertragen, um herauszufinden, was er über diesen Unfall wusste. Oder sollte sie auf eigene Faust recherchieren? Vielleicht im Archiv der Braunschweiger Zeitung? Aber dafür musste sie den Zeitpunkt des Unglücks kennen, sonst würde das eine sehr mühsame Sache werden.
Ein Geräusch unterbrach ihre Gedankengänge. Es war der Klingelton, mit dem ihr Mobiltelefon das Eintreffen einer SMS ankündigte.
Sie stürzte sich auf den Apparat. Paul?
SCHLAMPE.
Nur dieses eine Wort stand auf dem Display. Die Nummer des Senders war unterdrückt worden. Schockiert starrte Franziska auf die Buchstaben.
Wer tat so etwas? Sicherlich war das Ganze nur ein Versehen. Genau: Jemand musste sich in der Nummer geirrt haben.

30 *»Wir bleiben in Verbindung«,* säuselte Daniel. *»Ich bin ein einsamer Wolf mit grauen Schläfen, niemand macht mir mein Frühstück . . .«*
»Kannst du jetzt mal wieder aufhören damit?«, fragte Petra gereizt.
Schon während der Rückfahrt von Braunschweig nach Hannover hatte sie sich fortwährend Daniels Kindereien anhören müssen. »Nur weil ein Kollege mal kein Holzkopf ist, musst du mir nicht gleich Gott weiß was unterstellen!«
Daniel grinste nur, öffnete die Tür zu ihrem Büro und rückte Petra übertrieben höflich den Stuhl vor dem Schreibtisch zurecht, wobei er schmachtete: *»Grünäugige Schöne, willst du die Butter auf meiner Stulle sein . . .?«*
Frau Kulm trat mit einer Kanne Kaffee ins Zimmer und blickte verwirrt von einem zum anderen.
Petra machte eine scheibenwischerartige Handbewegung vor ihrer Stirn und fuhr Daniel an: »Es reicht jetzt!«
Sie knallte die Aktentasche auf den Schreibtisch. »Hier hast du was zu tun. Schau nach, ob Paul Römer für die Zeit, in der das Mädchen vom Fahrrad fiel, ein Alibi hatte.«
»Und was machst du?«, fragte Daniel.
»Ich geh jetzt in die Cafeteria. Frühstücken.«
»Bring mir ein Baguette mit. Mit Salami und Käse.«
»Mal sehen«, antwortete Petra.
Sie ließ sich Zeit, obwohl sie die Neugier quälte. Eine halbe Stunde später betrat sie das Büro, wo sich Daniel brav mit den Braunschweiger Akten beschäftigte.
»Er hat keins«, sagte er. »Hier steht's, im Vernehmungsprotokoll: *Ich war den ganzen Nachmittag zu Hause, in meinem Zimmer.* Dafür hat er nur seine Schwester Alexandra als Zeu-

gin. Sie sagt, sie hätte nebenan Hausaufgaben gemacht und aus dem Zimmer ihres Bruders Musik gehört.«

»›Musik gehört‹ ist kein besonders gutes Alibi.«

»Nein«, bestätigte Daniel.

»Wir werden alle noch mal ausquetschen, der Reihe nach«, sagte Petra kämpferisch. Dann fiel ihr etwas ein: »Nur so zum Spaß: Schau doch mal nach, ob die Braunschweiger Kollegen das mit der Körperverletzung auch in den Akten haben.«

»Haben Sie«, sagte Daniel prompt.

»Schön. Wenigstens hat man es mit Profis zu tun«, stellte sie fest und griff sich den Obduktionsbericht von Solveig Koller.

31

Die nächsten zwei Tage verbrachte Franziska lesend im Garten oder sie ging mit dem Hund spazieren. Die Lust aufs Schwimmbad war ihr vergangen. Auch die notwendige Unterhaltung mit Oliver schob sie vor sich her. In gut einer Woche waren die Ferien vorbei, dann würde sie Paul wiedersehen. Wie würde das Wiedersehen wohl ausfallen? Würde er ihr erklären, was mit dem Mädchen geschehen war? Hatte sie einen Fehler gemacht, indem sie Paul vor der Polizei gewarnt hatte? Glaubte er nun, sie würde ihn verdächtigen?

Mindestens zehn Mal am Tag ging Franziska zu ihrem Rechner und rief die E-Mails ab. Keine Nachricht von Paul. Franziska schwankte zwischen Verärgerung und Verzweiflung. Stattdessen entschuldigte sich Oliver dafür, dass er *vor der Polizistin zu viel gequatscht* habe, wie er es ausdrückte.

Franziska antwortet nur: *Schon gut.* Wieso entschuldigte sich Oliver bei ihr? Sollte er sich nicht besser bei Paul entschuldigen?

Am Freitag kamen zwei neue E-Mails. Die eine war von Tante Lydia, die ihre Rückkehr aus dem Urlaub für den Samstag ankündigte. Als Dank für die Betreuung Brunos wollte sie ihre Nichte gern am Sonntag in den Eissalon einladen.
Franziska musste schmunzeln. Eissalon. Als wäre sie zwölf. Aber was zählte, war die Geste. Franziska mochte ihre Tante. Sie war Staatsanwältin am Landgericht Hannover, und wenn man sie ein bisschen anspitzte, wusste sie jede Menge krasse Geschichten zu erzählen. Franziska mailte zurück, dass sie sich auf das Eis freute.
Die nächste E-Mail hatte als Absender *zork699@hotmail.com.* Sicher Spam.

Schlampe.
Zähl deine Tage.

Kein Name darunter, nichts.
Unwillkürlich bekam Franziska Herzklopfen. Was war das? Eine Drohung? Ein dummer Scherz? Erst die SMS vor drei Tagen, und jetzt das! Sie überlegte. Ihre Handy-Nummer und ihre E-Mail-Adresse kannten doch gar nicht so viele Leute: ihre Eltern, Tante Lydia, ein paar Klassenkameraden . . . und Paul. Aber der würde ihr doch nie im Leben so etwas schreiben. Wer steckte hinter diesem Mist? Sollte sie auf die E-Mail antworten?
Besser nicht, beschloss sie. Solche Leute wurde man am ehesten los, indem man sie ignorierte. Das hatte Tante Lydia neulich gesagt, als sie über einen Fall von Stalking gesprochen hatten, in dem Tante Lydia die Anklage vertreten hatte.
Stalking? Franziska wies den Gedanken von sich. Ein dummer Streich, nichts weiter. Man hat eben nicht nur Freunde, dachte

sie und nahm sich vor, die Sache zu vergessen. Was ihr aber nicht so richtig gelang.

32

Petra Gerres parkte den Dienstwagen vor dem Reihenhaus mit der Nummer 7. Es war ein schmaler Bau aus den frühen Sechzigerjahren, und wie es aussah, war seither nicht allzu viel renoviert worden. Während die Nachbarhäuschen rechts und links einen frischen Anstrich und neue Fenster erhalten hatten, war das Haus, das die Römers gemietet hatten, mit Eternitplatten verkleidet. Das Dach war moosig und von den Fensterrahmen blätterte die Farbe. Doch die neuen Besitzer schienen den Kampf gegen die Tristesse aufgenommen zu haben: Neben der Haustür standen Eimer mit weißer Lackfarbe, im Vorgarten waren Rosen gepflanzt worden, die Schildchen hingen noch in den Zweigen. Ein neu angebrachtes Spalier an der Hausfassade wartete als Rankhilfe auf eine noch klägliche Staude wilden Weins. Offenbar wollte hier jemand krampfhaft gewisse Standards aufrechterhalten. Allerdings würde auch die liebevollste Renovierung nichts am Anblick des mit Satellitenschüsseln gespickten Wohnblocks ändern, der gegenüber auf der anderen Straßenseite stand. Von Hauptkommissar Baumann wusste Petra inzwischen, dass die Römers in Braunschweig in einer respektablen Gegend gewohnt hatten. Doch der frühe Tod von Jost Römer hatte wohl auch finanziell einiges in der Familie zum Schlechten verändert.

Petra drückte die Klingel. Ein Rasseln tönte durch das Haus und augenblicklich wurde ihr geöffnet. Juliane Römer hatte ein Tuch um den Kopf und einen großen Pinsel in der Hand. Im leeren Flur stand ein Tapeziertisch.

»Was wollen Sie? Ich arbeite«, sagte sie nicht eben freundlich.
»Ich möchte gerne mit Ihrem Sohn Paul sprechen«, sagte Petra.
»Paul ist nicht hier. Er arbeitet bei meinem Bruder auf Usedom. Er kommt erst zum Schulanfang wieder.«
»Darf ich reinkommen?«, fragte Petra.
Frau Römer machte einen Schritt zur Seite und ließ die Kommissarin widerstrebend ins Haus. »Ich habe nicht viel Zeit. Worum geht es?«
Sie standen noch immer im Flur. Weiter wollte die Hausherrin sie offenbar nicht vorlassen.
»Sagt Ihnen der Name Solveig Koller etwas?«
Frau Römer holte tief Atem und sagte: »Ein Mädchen, das mit Paul befreundet war. Sie ist mit dem Fahrrad tödlich verunglückt.«
»War sie *eine* Freundin oder *seine* Freundin?«
Eine steile Falte bohrte sich zwischen ihre hellen Augen. »Sie kannten sich eben, von der Schule.« Sie rollte eine Tapete aus und zog eine Linie mit dem Teppichmesser. Die Tapete rollte sich vom hinteren Ende her wieder auf. Petra strich sie glatt und hielt sie fest, während Frau Römer den Pinsel in den Eimer mit dem Leim tauchte und die Bahn damit einstrich.
»Viel Arbeit, was?«, meinte Petra.
»Ja. Aber was Besseres kann ich mir nicht leisten. Wie Sie sicher wissen, ist mein Mann vor zwei Jahren gestorben. Seitdem müssen wir sehen, wie wir mit nur einem Gehalt zurechtkommen.«
»Darf ich fragen, woran ihr Mann gestorben ist?«
»Ein Gehirntumor. Zwischen der Diagnose und seinem Tod lagen gerade mal sechs Monate«, sagte sie nüchtern, aber Petra konnte an ihrem Gesicht erkennen, dass der Schmerz noch da war. Was musste es für eine höllische Zeit für eine Familie sein,

wenn man wusste, dass der Vater nur noch kurze Zeit zu leben hatte? Hatten die Kinder von Anfang an Bescheid gewusst?

»Das tut mir leid«, sagte Petra.

»Warum wollen Sie Paul schon wieder sprechen?«

»Es sind zwei Mädchen zu Tode gekommen, die Ihren Sohn gekannt haben . . .«

»Na und? Das ist ein Zufall. Lassen Sie Paul in Ruhe. Der hat nichts damit zu tun.«

»Da bin ich mir nicht so sicher«, gab Petra zurück.

»Dieses andere Mädchen, das hat er doch gar nicht gekannt!«, rief Frau Römer erbost.

»Sie sprechen von Katrin Pankau?«

»Ja.«

»Immerhin hat sie die Stunden vor ihrem Tod in seinem Zelt verbracht.«

Frau Römer biss sich stumm auf die Unterlippe.

»Haben Sie das Mädchen gekannt?«

»Ich? Nein. Woher sollte ich?«

»War sie nie hier, hat sie nie angerufen?

»Nein, sie war nie hier. Und von Anrufen weiß ich auch nichts.«

»Und Solveig Koller? War die mal bei Ihnen zu Hause?«

»Nicht, dass ich wüsste.«

Sie schlug die eingeleimte Tapete an beiden Enden ein und trug den Streifen ins Wohnzimmer.

Petra folgte ihr unaufgefordert. Eine Wand war frei gemacht worden und schon zur Hälfte mit einer eierschalenfarbenen Tapete beklebt. Das dezente Muster aus blumigen Ornamenten verlieh dem einfachen Zimmer einen Hauch von Extravaganz. Ohne Zweifel besaß Pauls Mutter Sinn für Gestaltung. Petra, deren Einrichtung zum überwiegenden Teil aus Ikea-Möbeln bestand, sah sofort, dass die Möbel der Römers ungleich kostspieliger gewesen waren. Doch das Wohnzimmer des Häuschens war zu klein für das Designer-Sofa, die Anrichte aus Mahagoni-Holz und die expressionistischen Bilder.

Während Frau Römer die Tapete mit einer Bürste an der Wand glatt strich, sagte die Kommissarin: »Es wäre gut, wenn ich so rasch wie möglich mit Paul sprechen könnte. Notfalls kommt meine Abteilung für die Fahrtkosten auf. Ich erwarte ihn spätestens Anfang nächster Woche bei mir im Dezernat.«

Frau Römer ließ die Bürste sinken und wandte sich um. »Dass eines klar ist: Mein Sohn wird nur noch im Beisein eines Anwalts mit Ihnen oder Ihren Kollegen sprechen.« Ihre Stimme war so eisig wie ihr Blick.

Vom Flur her näherten sich Schritte.

»Was ist denn los, Mama?«, fragte ein Mädchen. Sie trug farbbespritzte Jeans und ein altes T-Shirt, ebenfalls voller Farbe.

»Nichts, geh wieder rauf«, sagte Frau Römer kurz angebunden.

»Du bist Alexandra, nicht wahr?«, sagte Petra.

Das Mädchen nickte. Im Vergleich zu ihrem älteren Bruder war sie weit weniger attraktiv. Etwas Grobes, Plumpes haftete ihr an.

»Kanntest du Katrin Pankau?«

»Nö.«

»Und Solveig Koller?«

»Das reicht, Frau Gerres. Ich möchte Sie bitten zu gehen. Wenn Sie mit meinen Kindern sprechen möchten, dann machen Sie einen Termin und ich werde meinem Anwalt Bescheid sagen, der sie begleiten wird. Alex, geh rauf und streich das Bad fertig.«

Alexandra gehorchte, und auch Petra sah ein, dass hier nichts mehr zu machen war.

Nachdenklich ging sie über die vermoosten Waschbetonplatten zur Gartentür. Sie hatte den Wagen schon aufgeschlossen, als sie die alte Frau auf dem Nachbargrundstück der Römers bemerkte. Sie schnibbelte an einem Strauch herum und betrachtete die Besucherin mit unverhohlener Neugierde.
Petra ging zu ihr und stellte sich vor.
»Polizei«, sagte die Frau erschrocken und schleuderte einen misstrauischen Blick auf das Nachbarhaus. »Ich bin Amalie Neuhaus.« Sie war um die achtzig und reichte Petra gerade bis zur Brust. Ihre dürren Hände klammerten sich um eine rostige Gartenschere.
»Einen schönen Garten haben Sie«, log Petra, denn die in strengen Linien angelegten Rabatten entsprachen nicht so ganz ihrem Geschmack.
»Ja, er macht zwar viel Arbeit, aber es hilft ja nichts. Ich kann mir keinen Gärtner leisten.«
»Fragen Sie doch mal den neuen Nachbarsjungen, wenn er aus den Ferien zurück ist«, schlug Petra vor.
Die Alte in der geblümten Kleiderschürze schüttelte energisch die Pudellöckchen. »Nee, nee. Nachher kommt hier was weg und keiner will's gewesen sein.«
Was sollte hier wegkommen, fragte sich Petra. Vielleicht ihre Ersparnisse unter der Matratze?
»Ich lebe allein. Da muss man schon aufpassen. Gibt so viel Schurken, heutzutage.«
Dass diese Frau »aufpasste« wie ein Wachhund lag auf der Hand. Und sicher nicht nur auf sich selbst. Solche Zeitgenossen waren stets nützliche Informationsquellen.
»Frau Neuhaus, darf ich Sie was fragen?«
»Aber sicher«, sagte die Frau beflissen. Ihrer Generation hatte man noch Respekt vor Staatsbeamten eingebläut.

Die Kommissarin fasste in die Tasche ihrer Jeansjacke und zeigte der Alten das Foto von Katrin Pankau. »Haben Sie dieses Mädchen mal bei Ihren neuen Nachbarn gesehen?«
Die Frau nahm das Foto, betrachtete es mit weit ausgestreckten Armen, dann schüttelte sie den Kopf. »Die Arme sind zu kurz. Da brauch ich meine Brille«, stellte sie verschmitzt lächelnd fest. »Warten Sie.« Sie tippelte ins Haus und kam kurz darauf mit einem Monster von Brille wieder heraus. Sie setzte sie sich auf die Nase und sah sich das Foto an. »Auf die Weite sehe ich noch gut, wissen Sie. Das ist das tote Mädchen aus der Zeitung, nicht wahr? Die im Badesee ertrunken ist.«
»Ja, genau. War sie mal hier?«
Die Frau schien zu überlegen. »Ja, jetzt wo Sie es sagen. Mein Gott, hätte ich das melden müssen?« Ihre wässrigen Pupillen schossen unruhig hin und her.
»Nein, um Himmels willen. Es hat Sie ja keiner gefragt, bis jetzt. Sind Sie sicher, dass es dieses Mädchen war?«
Sie nickte. »Das ist zwar schon ein paar Wochen her, aber die war das. Kam mit dem Rad, am Nachmittag. Ich war gerade im Garten, hab den Rasen gemäht. Sie hat nebenan geklingelt. Sie und das Mädchen haben unter der Tür geredet, dann ist sie wieder gegangen.«
»War sie noch einmal da?«
»Ich habe sie nur dieses eine Mal gesehen.«
»Erinnern Sie sich an den Tag, an dem sie da war? An das Datum? Den Wochentag vielleicht?«
Die alte Frau überlegte, dann schüttelte sie bedauernd den Kopf. »Nein. Ein Wochenende war's nicht, weil ich da nie den Rasen mähe. Und ich weiß noch, dass es heiß war. Sie hatte jedenfalls kaum was an. Es muss so Ende Juni, Anfang Juli gewesen sein. Der Hibiskus hat noch nicht geblüht.«

»Danke, Frau Neuhaus«, sagte Petra. »Sie haben mir sehr geholfen.«
»Macht man doch gerne.«

33

Franziska schlenderte neben ihrer Tante durch die sonntäglich leere Fußgängerzone und lauschte halbherzig deren Bericht über ihre Nordmeer-Kreuzfahrt. Das Eiscafé hatte acht Tische und Sonnenschirme draußen aufgestellt, es war der einzige Ort im Zentrum der Kleinstadt, an dem Leben herrschte.
»Ich werde ein gutes, altes Bananensplit nehmen«, sagte Tante Lydia. Pfeif auf die Kalorien. Und du?«
Franziska antwortete nicht. Sie hatte sich schon mal nach zwei freien Plätzen draußen umgesehen und dabei hatte sie fast der Schlag getroffen.
Paul, Alexandra und seine Mutter saßen am äußersten Tisch, jeder hatte einen bunten Eisbecher vor sich. Als Paul Franziska sah, schien er einen Augenblick verlegen zu sein. Aber dann fing er sich wieder und hob lässig die Hand.
»Hallo«, sagte er. Seine Mutter und seine Schwester folgten seinem Blick. Zwei, drei Sekunden lang stand Franziska reglos da und starrte ihn an. Seine Mutter und seine Schwester wiederum starrten Franziska an. Kein Wunder, ihr Benehmen musste ja ziemlich befremdlich wirken. Schließlich presste Franziska ein Hallo heraus und wandte sich abrupt ihrer Tante zu, die soeben den frei werdenden Tisch direkt neben der versammelten Familie Römer ansteuerte.
»Ich möchte lieber drinnen sitzen«, wisperte Franziska und hielt ihre Tante am Arm fest.

»Drinnen?«, entgegnete Lydia viel zu laut. »Bei dem schönen Wetter? Hier ist doch Schatten.«
»Bitte«, zischte sie und sah ihre Tante eindringlich an.
Die kapierte endlich, dass Franziskas Wunsch tiefere Ursachen hatte, und betrat mit ihrer Nichte den Eissalon, in dem ein Deckenventilator träge die warme, stickige Luft umrührte.
»Aber lass uns wenigstens in der Nähe der Tür sitzen«, bat Lydia. Franziska setzte sich so, dass sie ins Innere des Lokals schaute. Warum war er schon hier? Warum hatte er ihr nicht mitgeteilt, dass er früher nach Hause kommen würde?
Franziska kam zu dem Schluss, dass sie die ganze Situation wohl falsch eingeschätzt hatte. Sie war für ihn nicht mehr als eine Klassenkameradin, mit der er aus purer Langeweile mal spazieren und ins Kino gegangen war. Niemand, den man über sein Kommen und Gehen informieren musste. Je eher sie sich damit abfand, desto besser.
Der Besitzer des Cafés erschien mit dem üblichen Palaver. Franziska war sowohl die Lust auf Italo-Charme als auch auf Eis vergangen. Nur um Tante Lydia nicht zu enttäuschen, bestellte sie einen Amarena-Becher.
»Bananen-Split und einen Campari-Soda, aber eiskalt«, orderte Lydia und fragte dann ihre Nichte: »Was stimmte denn nicht mit dem Tisch da draußen?«
»Der Tisch war in Ordnung. Nur nicht die Nachbarschaft.«
»Ah, ja«, sagte Lydia gedehnt. »Hübscher Junge. Geht er in deine Klasse?«
»Ich würde jetzt gerne von was anderem reden, bitte.«
»Teenager«, seufzte Lydia und lächelte wissend, während sich Franziska eisern zwang, sich nicht umzudrehen.

34 Das Telefon klingelte. Kommissar z. A. Daniel Rosenkranz meldete sich, lauschte ein paar Sekunden, dann hörte ihn Petra sagen: »Doch, die ist schon da. Seit ihr Kerl vor einem halben Jahr bei ihr ausgezogen ist, ist sie meistens morgens recht pünktlich . . .«

Petra hechtete über den Schreibtisch auf ihn zu und wand ihm den Hörer aus der Hand.

»Gerres.«

»Volker Baumann. Guten Morgen.«

»Schönen guten Morgen, Herr Kollege.«

Ein Segen, dass ihr Gesprächspartner ihre hochroten Wangen nicht sehen konnte, dachte Petra.

»Ich wollte fragen, ob ich zur Vernehmung von Paul Römer nach Hannover kommen soll.«

»Nun, es ist so: Die Mutter von Paul hat verfügt, dass wir nur noch im Beisein eines Anwalts mit ihren Kindern reden dürfen. Ich weiß nicht, ob es Sinn macht, dass Sie nach Hannover kommen, nur um zu erleben, wie der Junge und seine Schwester kein Wort sagen und der Anwalt uns dumm dastehen lässt. Denn viel haben wir ja tatsächlich nicht in der Hand bis jetzt.«

»Das ist wahr«, stimmte ihr Baumann betrübt zu. »Ich wollte es nur anbieten.« Für ein paar Sekunden herrschte Stille in der Leitung, dann sagte Petra: »In Ihren Akten gibt es eine Meike Willemsen, die sich als Solveigs Freundin bezeichnet hat. Ich würde mich gerne mal mit diesem Mädchen unterhalten.«

»Gute Idee«, kam es voller Elan zurück. »Ich mache einen Termin mit Meike. Morgen Nachmittag?«

»Einverstanden.« Eigentlich hatte Petra da frei. Aber was tut man nicht alles, um einen Mordfall aufzuklären, sagte sie sich.

»Ich melde mich. Schönen Tag noch«, sagte Baumann.

»Ihnen auch. Bis morgen.«

Sie legte auf.

»Nun zu dir.« Petras Blick durchbohrte Daniel Rosenkranz, der mit übergeschlagenem Bein in seinem Schreibtischstuhl wippte und dabei von Ohr zu Ohr feixte.

»Was denkst du dir dabei, mein Privatleben vor einem wildfremden Kollegen auszubreiten?«

»Was gibt es denn da schon auszubreiten?«

»Werde nicht frech!«, schnauzte Petra, die sich jedoch eingestehen musste, dass er recht hatte.

»Außerdem ist Baumann nicht wildfremd«, fuhr Daniel fort. »Volker Baumann ist dreiundvierzig Jahre alt, seit zwei Jahren Hauptkommissar, seit vier Jahren geschieden, er hat eine Tochter, achtzehn, die bei der Mutter in Berlin lebt.«

»Du hast ihn gecheckt? Bist du noch ganz bei Trost? Wenn der das mitkriegt . . .« Petra verspürte das Bedürfnis, Daniel am Kragen seines Hawaii-Hemdes zu packen und zu schütteln.

»Ich habe es nur gut gemeint.«

»Das hat meine Mutter auch immer gesagt«, schnaubte Petra.

Das Telefon klingelte erneut. Petra schnappte sich den Hörer. Es war Udo Lamprecht, ihr Chef.

»Wir haben einen Leichenfund in der Altstadt. Alter Mann, liegt schon zehn Tage oder länger in der Wohnung.«

Und das bei dem Wetter. Schlimmer ging es kaum.

»Wer fährt hin?«, fragte Lamprecht.

»Das macht Daniel«, verkündete Petra und lächelte ihrem jungen Kollegen katzenfreundlich zu. »Er steht schon in den Startlöchern.«

35 Das Thermometer zeigte dreißig Grad. Franziska lag unter dem Apfelbaum und las zur Abkühlung einen Krimi, der in Island spielte. Obwohl sie das Buch spannend fand, ertappte sie sich, wie sie einen Abschnitt schon zum dritten Mal las. Falls Paul anruft, schwor sie sich immer wieder, werde ich nicht rangehen. Wenn er eine Mail schreibt, werde ich sie nicht beantworten. Der soll ruhig sehen, dass er mit mir nicht alles machen kann. Paul Römer ist ab sofort Luft für mich.

Dass sie ihr Mobiltelefon neben sich im Gras liegen hatte und sie fast stündlich ins Haus eilte und ihre E-Mails abrief, hatte nichts zu bedeuten. Ich will nur wissen, ob er sich überhaupt meldet, sagte sie sich. Er soll anrufen, damit ich den Anruf ignorieren kann.

Bis vor wenigen Wochen hätte sie ein solch albernes Verhalten allenfalls Katrin zugetraut. Sie hasste sich selbst dafür, dass sie sich so kindisch aufführte.

Das Handy klingelte. Ihre Hand fuhr neben den Liegestuhl. Das Display zeigte eine unbekannte Nummer aus dem Ortsnetz. Ihr Atem stockte. Paul? Man kann ja nicht wissen, ob er es ist, sagte sich Franziska nach dem zweiten Klingeln. Und wenn es tatsächlich Paul war, konnte sie immer noch auflegen.

»Hallo?« Sie hatte Mühe, ihre Stimme ruhig klingen zu lassen.

»Hier ist Paul.«

Ihr Herz machte einen idiotischen Hüpfer. »Paul. Wie geht's dir?« Verdammt, was war mit »Ich lege wieder auf, er ist Luft für mich«?

»Ich bin wieder hier.«

»Das habe ich gesehen.«

»Stimmt. Die Eisdiele. Ich wollte es dir sagen, dass ich früher zurückkomme, aber ich war . . . ich war nicht gut drauf.«

»Macht doch nichts«, hörte sich Franziska zu ihrem Missfallen sagen. Wo, zum Teufel, blieb ihre Selbstachtung?
»Ich musste früher zurück, weil mich die Polizei gestern noch einmal verhört hat.« Sie spürte die Verunsicherung hinter seiner Sachlichkeit.
»Oh«, sagte Franziska verdutzt. »Wie war es?« Vielleicht wollte er ihr sein Herz ausschütten.
»Hast du Lust auf einen Spaziergang?«
»Ja, gerne – ich meine – von mir aus.«
»Kannst du in einer Stunde am Waldparkplatz sein?«
»Müsste klappen«, sagte Franziska. Dann schnellte sie aus dem Liegestuhl und rannte ins Bad.

36

Hauptkommissar Volker Baumann hatte seiner Kollegin aus der Landeshauptstadt seinen Platz am tadellos aufgeräumten Schreibtisch überlassen. Er selbst saß etwas im Hintergrund, während Petra Gerres die Befragung durchführte.
»Du warst Solveigs Klassenkameradin und ihre beste Freundin, stimmt das?«, begann Petra das Gespräch, nachdem sie sich vorgestellt hatte.
Meike Willemsen nickte.
»Vermutlich habt ihr euch alles erzählt.«
»Ja, so ziemlich.«
»Was war Solveig für ein Mädchen?«
»Sie war nett.«
»Nett. Und sonst noch?«
»Sie war gut in der Schule. Sie hat anderen immer geholfen.«
»Wobei?«

»Wenn jemand was nicht kapiert hat, im Unterricht.«
»Also keine eingebildete, egoistische Zicke«, schlussfolgerte Petra.
»Nein, gar nicht. Im Gegenteil.« Meike schüttelte den Kopf. Sie war ein sehr dünnes Mädchen mit hennaroten Haaren und einer tätowierten Rose auf dem Schulterblatt. Ihre Augen waren schwarz umrahmt und der Mund glänzte in Schweinchenrosa.
»Wie kam sie mit den anderen klar?«
»Gut.«
»War sie für ihr Alter eher kindlich oder schon ziemlich reif?«
»Sie war . . .« Die Sechzehnjährige sah ein wenig genervt zur Decke, ». . . vernünftig.«
»Wie war Solveigs Beziehung zu Paul Römer?«
»Sie waren zusammen.«
»Heißt das befreundet?«
»Nein. Mehr als befreundet. Zusammen eben.«
»Sie gingen miteinander.«
Meike zuckte mit den Schultern. »Wenn Sie es so ausdrücken wollen.«
»Wie oft haben sie sich getroffen?«
»Fast jeden Tag. Und halt in der Schule.«
»Wie lange waren sie bis zu Solveigs Tod zusammen?«
Meike runzelte die Stirn. »Ein halbes Jahr vielleicht. Ja, es fing im Frühjahr an. Auf einer Klassenfahrt.«
»Wie war diese Beziehung?«
»Wie meinen Sie das?«, fragte Meike und wurde ein wenig rot dabei.
Petra dachte an den sehr selbstsicheren, erwachsen wirkenden Paul. Wie musste ein Mädchen sein, das ihm gewachsen war? Noch dazu eines im gleichen Alter. Oder wollte er das gar nicht?

»Nun, in den meisten Beziehungen gibt es einen Partner, der den Ton angibt, und einen, der sich danach richtet. Meistens ist es derjenige, der den anderen mehr liebt.«
Meike wusste mit den Ausführungen der Kommissarin offenbar nichts anzufangen. Diese wiederum vermied es, Volker Baumann anzusehen. Hoffentlich dachte der nicht, sie würde in irgendeiner Form von sich reden.
Petra präzisierte ihre Frage: »War Paul der Tonangebende? Hat Solveig ihn angehimmelt? Oder war es eine ebenbürtige Partnerschaft? Oder war es umgekehrt?«
»Es war ziemlich ausgeglichen«, sagte Meike zögernd.
»Gab es auch mal Streit?«, fragte Petra.
»Nein, es war meistens okay.«
»Meistens?«
»Manchmal konnte Paul so komisch sein.«
»Inwiefern?«
»Manchmal hat er einfach keinen Menschen sehen wollen. Auch Solveig nicht. Das dauerte ein paar Tage, dann war es wieder okay. Einmal kam er fast zwei Wochen lang nicht zur Schule. Solveig sagte, es wären Depressionen. Das mit seinem Vater war ja zu der Zeit erst ein knappes Jahr her.«
»Hat er darüber gesprochen?«
»Nicht mit mir. Vielleicht mit Solveig, aber das weiß ich nicht.«
»Mochtest du Paul Römer?«
Wieder errötete sie ein klein wenig. »Ja. Er war okay. Irgendwie . . . erwachsen.«
»Kanntest du seine Familie?«
Meike überlegte, ehe sie antwortete: »Die Schwester war ab und zu dabei, wenn wir was unternommen haben. Aber die ist ein bisschen komisch.«
Komisch schien Meikes Lieblingswort zu sein – nach okay.

»Komisch?«, wiederholte Petra.
»Halt so schüchtern und so. Hat kaum mit jemandem geredet, außer mit ihrem Bruder.«
»Kanntest du die Mutter?«
»Nein. Nur vom Sehen, von der Beerdigung, da war sie mit Paul zusammen da.«
»Hat sich deine Freundin mal über Pauls Familie geäußert?«
Meike überlegte. »Nein, eigentlich nicht. Aber eins war komisch: Solveig und Paul haben sich fast immer nur bei Solveig getroffen.«
»Ach. Warum das?«
Paul hat ihr erklärt, seine Mutter sei noch immer ziemlich fertig wegen der Sache mit ihrem Mann. Deswegen wollte er nicht, dass Solveig zu ihm kam.«
»Aber seine Mutter wusste schon, dass er eine Freundin hatte?«
Meike hob ihre mageren Schultern. »Keine Ahnung. So was lässt sich auf die Dauer ja wohl kaum verheimlichen.«
»Was waren Solveigs Hobbys?«
»Reiten und Klavier spielen.«
Ein echtes höheres Töchterchen also. Überhaupt hatte man es bei diesem Fall mit lauter wohlgeratenen Kindern aus gut situierten Verhältnissen zu tun. Nicht gerade die übliche Klientel. Und doch gab es zwei tote Mädchen . . . Sie verscheuchte die grüblerischen Gedanken und konzentrierte sich wieder auf das Gespräch.
»War Paul mit dabei, beim Reiten?«
»Nein. Jungs reiten doch nicht.«
»Und du? Reitest du auch?«
»Früher schon. Jetzt weniger.«
»Aber du kennst den Reitstall, in dem Solveig zuletzt war.«
»Klar. Wir waren beide oft zusammen da.«

»Aber an dem bewussten Tag warst du nicht dabei.«
»Nein. Wie gesagt, ich hatte damals schon nicht mehr so viel Bock da drauf.«
»Hast du einen Freund?«, wollte Petra wissen.
»Ja, wieso?« Meike blinzelte irritiert.
»Nur so. Hattest du einen, als Solveig ums Leben kam?«
»Sven und ich sind schon seit achtzehn Monaten zusammen. Ich war nicht eifersüchtig auf Solveig wegen Paul, falls Sie das glauben.«
»Gab es jemanden, der möglicherweise eifersüchtig war?«
»Paul sah gut aus. Es gab viele, die hinter ihm her waren.«
»Gab es mal eine Szene oder dergleichen?«
»Nicht, dass ich wüsste. Es war halt das übliche Getratsche und Gegacker, das ausbricht, wenn ein gut aussehender Junge weg ist von der Piste.«
Petra musste sich ein Grinsen verkneifen und fragte: »Hatte Paul vor Solveig eine Freundin?«
»Keine Ahnung. Wenn, dann jedenfalls nicht an unserer Schule, das hätte man mitgekriegt. Aber ich glaube es nicht, Solveig hat nie so was erwähnt.«
»Wie hat Paul auf Solveigs Tod reagiert?«, fragte Petra.
»Er war völlig daneben. Er ist zwei Wochen nicht zur Schule gekommen. Ich habe ihn mal angerufen, aber er wollte nicht darüber reden. Er wollte gar nicht mit mir reden. Mit niemandem. Auch später nicht, als er wieder zur Schule kam.«
»Danke Meike, ich habe keine Fragen mehr. Sie vielleicht?« Petra wandte sich an Volker Baumann.
Der Hauptkommissar räusperte sich: »Ja, eine habe ich. Hatte Paul eigentlich auch einen besten Freund?«
Gute Frage, dachte Petra anerkennend.
Meike überlegte. »Nein. Da fällt mir niemand ein. Er war ein

Einzelgänger, obwohl ihn die meisten mochten. Aber einen besten Freund . . . nee, glaub ich nicht.«
Hauptkommissar Baumann stand auf. »Dann danke ich für dein Kommen und deine Auskünfte. Ich bring dich noch zum Fahrstuhl. Damit du uns hier nicht verloren gehst.«
»Nicht nötig, ich finde schon alleine raus.«
Der Kommissar drückte ihr seine Visitenkarte in die Hand. »Falls dir noch irgendetwas einfällt . . . ruf einfach an.«
Meike nickte. Sie verließ das Büro und hinterließ eine Wolke ihres süßlichen Teenie-Parfums.

37

». . . und weil jetzt wieder ein Mädchen umgekommen ist, das ich gekannt habe, denken Sie, ich bin so eine Art Serienkiller«, beendete Paul eine längere Schilderung der Sachlage.
Franziska schwieg. Sie gingen einen von hohen, alten Buchen überschatteten Weg entlang. Holzfuhrwerke hatten tiefe Furchen im Waldboden hinterlassen. Man konnte nur einzeln in den breiten Reifenspuren gehen, dazwischen wuchsen Brennnesseln. Unter dem Blätterdach war die Temperatur angenehm. Hundstage. Es herrschte eine lähmende Stille, sogar die Vögel schwiegen. Paul hatte ihr, während sie durch den Wald gingen, von Solveig und deren Unfalltod erzählt. Bei der Sache mit dem Draht war Franziska fast übel geworden.
»Gestern wollte mich diese Kommissarin unbedingt noch einmal sprechen. Mich und Alex.« Paul schlug mit seiner rechten Faust auf seine flache linke Hand. »Die vorigen Male ist es eine ganz normale Unterhaltung mit einer Polizistin gewesen. Aber

mit diesem Anwalt, der mir nicht erlaubte, auch nur ein Wort zu sagen, bin ich mir vorgekommen wie ein Verbrecher.«
Franziska nickte stumm. Sie brauchte eine Weile, um all das Gehörte zu verarbeiten.
»Denkst du das auch?«, fragte Paul.
»Was?«
»Dass ich so eine Art Monster bin.«
»Quatsch. Wäre ich sonst hier?«
Er sah sie prüfend von der Seite an. »Ganz schön leichtsinnig von dir«, meinte er mit einem verrutschten Lächeln. »Und nicht mal der Wachhund ist dabei. Wo ist mein Freund Bruno?«
»Der liegt unten vor der Kellertreppe, dem ist zu heiß. Meine Tante geht am Abend selbst mit ihm.«
Sie nahmen eine Abzweigung. Der Weg führte bergauf, aber die Treckerspuren waren weg, man konnte ohne Hindernisse nebeneinanderher gehen. Er griff nach ihrer Hand.
»Warst du sauer, weil ich mich nicht gemeldet habe?«
»Nein. Hab mich nur gewundert«, schwindelte Franziska.
»Ich bin manchmal – wie soll ich sagen . . . ich bin manchmal seltsam drauf. Dann ist mir eine Weile lang alles egal, ich kann mich zu nichts aufraffen und will keinen sehen.«
Franziska versuchte ein Lächeln. »Gut, wenn ich das weiß.«
»Franziska, ich wollte dir was sagen.«
»Was denn?« Ihr Atem stockte, und das lag nicht an Konditionsmängeln.
»Weißt du, ich mag dich. Aber es ist besser, du verliebst dich nicht in mich.«
Die Worte waren wie ein Schlag in den Magen. Franziska entzog ihm ihre Hand und ihre Schritte wurden schneller, während sie spürte, wie sie granatrot anlief. Was bildete sich dieser arrogante Pinsel nur ein?

»Renn doch nicht so!« Er holte sie mit wenigen raschen Schritten ein. »Ich wollte dich nicht beleidigen. Du bist das erste Mädchen, seit Solveig, das mich interessiert. Verdammt, bleib stehen.« Er hatte ihren Arm ergriffen und hielt sie fest.

»Aua.«

»Entschuldige.« Er ließ sie los. »Ich mag dich, Franziska. Sehr sogar. Du bist nicht so oberflächlich wie die anderen.«

»Ach ja?«, murmelte Franziska und senkte den Blick auf ihre Sandalen. Er zog sie vorsichtig an sich, bis ihr Kopf an seiner Brust lehnte. Sie sog seinen Geruch ein. Er roch nach Wald und Gras. Eben noch wütend, war sie dabei, sämtliche Vorsätze in den Wind zu schreiben.

»Du bist so schön«, sagte er und fuhr mit den Fingern durch ihr Haar.

Franziska fieberte einem Kuss entgegen. Dies wäre der perfekte Moment dafür. Aber Paul trat wieder an ihre Seite, legte kumpelhaft den Arm um ihre Schulter und ging langsam neben ihr her. »Es ist alles nicht so einfach«, behauptete er.

»Was ist nicht einfach?«, fragte Franziska, tief verwirrt von diesen rasanten Stimmungswechseln.

»Ich will nicht, dass dir womöglich etwas zustößt.«

»Das ist doch Unsinn. Es war ein Zufall, dass du beide gekannt hast, mehr nicht. Das sagst du doch selbst.«

»Vielleicht lastet so eine Art Fluch auf mir«, meinte Paul.

»Flüche! So ein Quatsch.«

»Ich möchte, dass wir es langsam angehen, wenn du ... wenn du überhaupt was für mich übrig hast.«

Franziska nickte. Sie wusste nicht, was sie sagen sollte. Was meinte er mit »langsam«? Hatte er das zu Katrin auch gesagt, als die zu ihm ins Zelt gekrochen war?, dachte Franziska mit leiser Bitterkeit, und als hätte er ihre Gedanken gelesen, sagte

er: »Du bist was ganz Besonderes, Franziska. Ich möchte es nicht vermasseln. Ich kann dir nicht alles erklären und wir können uns auch nicht jeden Tag sehen . . .«
»So viel Zeit hätte ich gar nicht«, bemerkte Franziska spitz. Es ärgerte sie, dass er ihr wie selbstverständlich die Bedingungen einer Beziehung diktieren wollte. Sie sah demonstrativ auf ihre Uhr. »Ich muss jetzt nach Hause.«
»Komm, ich zeig dir noch was.« Er nahm wieder ihre Hand und ging weiter. Nach der nächsten Kurve bog er vom Waldweg ab und folgte einem kaum sichtbaren Pfad, den allem Anschein nach schon länger niemand mehr betreten hatte. Vögel flogen aufgeschreckt in die Höhe, ein Eichelhäher stieß einen Warnruf aus. Offenbar waren die Tiere in diesem Abschnitt des Waldes nicht an Menschen gewöhnt. Dornige Brombeerranken zerkratzten Franziskas Beine, die von der knielangen Caprihose nur unzureichend geschützt wurden.
»Wohin gehen wir?«
»Sind gleich da«, kam es einsilbig.
Ein undefinierbares Gefühl des Unwohlseins beschlich Franziska. Wo brachte er sie hin? Was, wenn doch . . .?
Ohne Vorankündigung blieb er stehen. Vor ihnen lag ein dunkles Wasserloch von etwa zwanzig Metern Durchmesser. Vermutlich war es ein Bombenkrater aus dem zweiten Weltkrieg, solche Gruben gab es einige in den Wäldern. Manche waren durch aufsteigendes Grundwasser zu Teichen geworden. Das Licht war hier dämmrig, so dicht wuchsen die Bäume ringsum.
»Meine geheime Badestelle«, sagte Paul. »Falls du keine Angst vor Fröschen hast.«
Frösche waren das Letzte, wovor sich Franziska in diesem Moment fürchtete.
»Was ist mit Schlangen?«

»Keine da.«
»Woher weißt du das?«
»Hab Vertrauen ...«, sang er, die Schlange Ka aus dem Dschungelbuch imitierend. Vielleicht, dachte Franziska, brauchte Paul jetzt diesen Vertrauensbeweis von ihr.
Das Wasser sah braun aus. Nicht auszumachen, wie tief es war. Während sie noch unschlüssig auf die Oberfläche starrte, hatte Paul seine Kleidung bis auf die Unterhose ausgezogen und war langsam in den Tümpel gestiegen. Kleine Wellen klatschten schmatzend ans Ufer. Tatsächlich ergriffen ein paar Frösche die Flucht ans matschige Ufer. Das Wasser ging Paul nur bis zur Brust, zumindest dort, wo er stand.
»Komm rein. Das Braune ist nur Laub.«
Sie zog die Hose und das T-Shirt aus. Großartig, dachte sie. Hätte Paul nicht am Telefon sagen können, dass Schlammsuhlen auf dem Programm stand? Dafür hatte sie sich nun extra die Haare gewaschen und sich mit dem teuren Rosenöl ihrer Mutter eingeölt. Noch dazu würde die Brühe ihren Lieblings-BH sicherlich nachhaltig ruinieren. Katrin, dachte sie, hätte sich solche Sorgen nicht gemacht, die hätte ihn gleich ausgezogen. Aber Franziska brachte das nicht fertig. Wenn sie wenigstens ein Handtuch dabeihätte! Sie stakste zögernd vorwärts. Kühl und weich umfing sie das Wasser, doch der Grund war, wie sie befürchtet hatte, sumpfig. Jede Bewegung wirbelte neuen Dreck auf. Ein toller Badeplatz, wenn man ein Wildschwein ist, dachte Franziska. Der Schlamm saugte sich sofort an ihren Füßen fest. Bilder von Menschen, die in Sümpfen versanken, stiegen vor ihrem inneren Auge auf und unweigerlich musste sie wieder an Katrin denken. Ein beklemmender Gedanke streifte sie: Wenn mir hier etwas zustoßen würde – kein Mensch würde meine Überreste jemals finden.

Mit einer heftigen, leicht panischen Bewegung befreite sie ihre Füße. Sie ging einen Schritt weiter und sackte plötzlich bis zu den Ohren ins Wasser. Der Tümpel war doch tiefer als vermutet. Aber schwimmen war ihr ohnehin lieber, als im Schlamm zu stehen. Wo war eigentlich Paul? Noch während sie sich das fragte, spürte sie zwei Arme, die sich um ihren Körper legten.

38

Volker Baumann ging zum Fenster, machte es weit auf und sah nachdenklich hinaus. Die Luft, die in das Büro strömte, war wie ein warmer Föhn. Aber wenigstens vertrieb sie diesen Veilchen-Kaugummi-Geruch von Meikes Parfum. Dreiunddreißig Grad, das hatten sie vorhin im Radio behauptet. Der schwindende Sommer holte noch einmal alles aus sich heraus.

»Hat uns das Gespräch mit Meike denn nun weitergeholfen?«, fragte Baumann und wandte sich Petra zu.

»Das weiß ich noch nicht. Es hat immerhin gezeigt, dass Katrin Pankau und Solveig Koller recht unterschiedlich waren. Solveig schien mir eine Tochter aus gutbürgerlichem Elternhaus gewesen zu sein. Katrin Pankau war dagegen ein bisschen eitel und oberflächlich und stammte aus einfacheren Verhältnissen. Wenn man das so in Schubladen einteilen möchte . . . Die beiden passen nicht zusammen. Vielleicht sind wir mit Paul Römer doch auf dem Holzweg.«

»Mit Katrin soll Paul ja angeblich nicht enger befreundet gewesen sein«, wandte Baumann ein. »Sie war nur ein *One-Night-Stand*, wie man so sagt.« Offenbar hatte er seine Hausaufgaben gründlich gemacht.

»Von einer Nachbarin der Römers wurde sie mindestens einmal

vor dem Haus gesehen«, berichtete Petra. »Das habe ich vorgestern erst erfahren.«
»Was sagt Paul Römer dazu?«
»Er weiß angeblich von nichts. Seine Schwester behauptet, sie habe vergessen, Paul zu sagen, dass Katrin da war.«
»Was wollte Katrin dort?«
»Das soll sie nicht verraten haben.«
»Wie war überhaupt die Vernehmung von Paul Römer?«, erkundigte sich der Hauptkommissar.
»Wie schon? Der Junge schweigt, der Anwalt wiederholt das bereits Gesagte. Bei der Schwester dasselbe.« Petra trommelte verärgert mit den Fingern auf den Schreibtisch. »Am liebsten hätte ich eine Hausdurchsuchung und eine Telefonüberwachung. Aber dafür haben wir noch zu wenig in der Hand. Egal, ich werde dieser Tage mal mit der Staatsanwaltschaft reden.«
Volker Baumann fasste zusammen: »Wir haben also zwei Mädchen, die beide auf rätselhafte Weise zu Tode gekommen sind und einen gemeinsamen Freund oder Bekannten haben, nämlich Paul Römer. Mehr nicht.«
Petra nickte und sagte: »Ich habe mit einem von unseren Polizeitauchern gesprochen. Seiner Meinung nach könnte ein Taucher mit einem Bleigürtel das Mädchen unter die Wasseroberfläche gezogen und so lange festgehalten haben, bis ihr die Luft ausging. Dazu würden die Druckstellen am Körper passen. Der Rechtsmediziner bestätigt diese Theorie.«
»Grässlich.« Baumann schüttelte sich. Er war offenbar trotz seines Berufes noch nicht so abgebrüht, dass ihn gewisse Dinge nicht schockierten.
»Kennt sich Paul Römer mit Tauchgeräten aus?«, fragte er.
»Er sagt Nein.«

»Meine Leute werden alle Tauchschulen in Braunschweig und Umgebung abklappern«, schlug Baumann vor. »Vielleicht finden wir ja was.«
»Gute Idee«, stimmte ihm Petra zu.
Volker Baumann schaute auf die Uhr. Es war vier. »Müssen Sie noch zurück zu Ihrer Dienststelle, Frau Gerres?«
»Nein. Ich habe heute eigentlich frei.«
»Oh«, machte Baumann erfreut. »Das verpflichtet mich ja, Ihnen die Stadt zu zeigen und Sie zum Abendessen einzuladen. Oder haben Sie anderweitige Verabredungen?«
Ich habe schon seit Monaten keine Verabredung gehabt, und schon gar nicht im Plural, dachte Petra und fragte: »Haben Sie denn schon Feierabend?«
»Ich nehme mir zwei von meinen achtzig Überstunden«, antwortete Baumann. Er meldete sich telefonisch bei seinen Kollegen ab und öffnete die Bürotür für sie. Als sie den Flur entlanggingen, sagte er: »Was Sie da zu dem Mädchen über Beziehungen gesagt haben, das mit dem Unterlegenen und dem Tonangebenden, fand ich sehr interessant.«
»Küchenpsychologie aus den Frauenzeitschriften«, wehrte Petra verlegen ab.
»Nicht doch. Es entspricht ganz meinen Erfahrungen.«
»In welcher Konstellation?«, fragte sie.
Er drückte den Knopf, um den Aufzug zu holen. »Was glauben Sie?«, fragte er zurück.
»Um das beurteilen zu können, kenne ich Sie zu wenig«, antwortete Petra. Der Aufzug hielt, er war leer.
»Sehr diplomatisch geantwortet. Aber was vermuten Sie?«, beharrte er, als sie eingestiegen waren.
»Ich vermute, dass Sie eher der überlegene Part sind. Nur wenn es Sie richtig erwischt, dann sind Sie ziemlich hilflos.«

»Das trifft es ganz gut«, antwortete er. Das schiefe Lächeln dazu hatte was, fand Petra. Der Lift hielt, sie stiegen aus. Petra war froh, dass er auf die Gegenfrage verzichtete.

39 Dieses Mal war es Franziska, die sich am Waldrand hastig von Paul verabschiedete:
»Ich muss mich beeilen. Sonst muss ich tausend Fragen meiner Mutter beantworten.«
So, wie sie aussah, erschien es ihr angeraten, vor ihrer Mutter zu Hause sein. Die Kleidung, die sie über die nasse Unterwäsche angezogen hatte, war zwar auf dem Rückweg an den meisten Stellen schon wieder getrocknet, aber eben nicht an allen. Außerdem hatte die neue Hose über dem Knie einen Riss von den Brombeerranken abbekommen. Ihre Waden waren schmutzig und zerkratzt, die Schuhe schlammig und über ihr Haar wollte sie lieber gar nicht erst nachdenken.
»Geht klar«, sagte Paul und drückte ihr einen artigen Kuss auf die Wange.
An der Ampel am Rand der Dichter-Siedlung stand ein Radfahrer, den Franziska gerade noch rechtzeitig erkannte: Oliver. Oh, nein. Der fehlt mir jetzt noch und sein Kommentar zu meinen nassen, zerrissenen Hosen.
Sie hielt an und zog ihr Fahrrad hinter einen Lieferwagen. Aus der Deckung heraus beobachtete sie, wie die Ampel nach einer Ewigkeit grün wurde und Oliver gemächlich losfuhr. Ungeduldig wartete Franziska noch zwei Ampelphasen ab, ehe sie denselben Weg nahm. An Olivers Haus raste sie so schnell vorbei, dass sie vor ihrem eigenen mit quietschenden Bremsen zum

Stehen kam. Der Twingo ihrer Mutter stand noch nicht vor dem Haus. Sie ließ das Rad in der Einfahrt vor der Garage stehen. Das konnte sie später wegräumen. Der Schlüssel. Er war nicht in ihrer Hosentasche. Hoffentlich hatte sie den nicht verloren. Oder hatte sie ihn zu Hause vergessen? Zum Glück gab es für solche Fälle den Notschlüssel. Er war im mittleren der drei kugeligen Buchsbäumchen versteckt, die im Beet neben der Haustür standen. Sie fand ihn und ging auf die Haustür zu. Doch Sekunden später stieß sie einen Schrei aus und wich zurück. Die Hände vor den Mund gepresst, betrachtete sie die tote Ratte, die auf der Fußmatte lag. Das Tier schien äußerlich keine Verletzungen zu haben. Franziska suchte nach einer Erklärung. Hatten ihre Eltern Rattengift im Garten gestreut? Aber so etwas würden sie schon wegen Bruno nicht machen. War die Ratte woanders vergiftet worden und hier verendet? Vielleicht kam sie vom Nachbargrundstück? Es wäre kein Wunder, wenn sich dort drüben Ratten tummelten. Franziskas Vater beklagte immer wieder, dass Weißmüllers gekochtes Gemüse und Brotreste auf ihren Komposthaufen warfen. Sollte die Ratte ausgerechnet auf ihrer Fußmatte ihr Leben ausgehaucht haben? Schwer zu glauben. Oder hatte der Hund . . .? Aber der war ja im Haus und vorhin, als sie gegangen war, hatte keine tote Ratte auf der Fußmatte gelegen. Jemand musste sie absichtlich vor ihre Tür gelegt haben. Unwillkürlich dachte Franziska an die SMS und die E-Mail von neulich. Wollte sie jemand einschüchtern? Aber wer und warum? Ein vages Gefühl sagte ihr, dass das Ganze etwas mit Paul zu tun haben musste. Er war die einzige neue Koordinate in ihrem Leben.

Franziska löste sich aus ihrer Erstarrung. Die Ratte musste schleunigst weg und sie musste sich umziehen, ehe ihre Mutter kam.

Das tote Tier anzufassen, brachte Franziska nicht fertig. Der Spaten. Wo war der? In der Garage. Um dorthin zu gelangen, musste sie zuerst ins Haus. Also über die Ratte steigen.
Na und? Die tut dir nichts mehr, redete sich Franziska gut zu. Sie beugte sich angewidert über die Ratte, schloss die Haustür auf und machte einen großen Schritt über den Fußabtreter hinweg. Hundetritte näherten sich.
»Bruno. Sitz! Platz! Und bleib da liegen!«, befahl sie mit einer Spur Hysterie im Tonfall. Das fehlte noch, dass Bruno das eklige Tier aufnahm und herumschleppte. Der Hund gehorchte mit angelegten Ohren und einem enttäuschten Ausdruck in den Augen. Was ist das denn für eine Begrüßung, schien er sich zu fragen, aber darauf konnte Franziska im Augenblick keine Rücksicht nehmen.
Von der Straße her hörte sie ein bekanntes Motorengeräusch. Ihre Mutter! Für den Spaten war es jetzt zu spät.
Mit einem unbeschreiblichen Ekelgefühl ergriff Franziska die Ratte an der Schwanzspitze. Sie holte gerade so viel Schwung, dass die Tierleiche ihren Arm nicht berühren konnte und schleuderte die Ratte in Richtung Nachbargrundstück. Sollte sie unter Weißmüllers Fliederbusch ihre ewige Ruhe finden.
Leider hatte Franziska die Flugeigenschaften der toten Ratte falsch eingeschätzt. Eingeklemmt zwischen zwei sich kreuzenden Holzspitzen hing die Ratte nun oben über dem Jägerzaun.
»Scheiße!«
Nun war es zu spät. Ihre Mutter stieg gerade aus dem Wagen. Sie wird nicht ausgerechnet jetzt den Zaun inspizieren, hoffte Franziska und machte rasch und leise die Haustür von innen zu. Sie stieg über den Hund, der noch immer frustriert im Flur lag, und rannte die Treppe hinauf in ihr Zimmer. Sie hatte gerade eine frische Jeans und ein sauberes T-Shirt angezogen, als

sie den spitzen Schrei ihrer Mutter hörte. Kurz darauf polterten Schritte die Treppe hinauf. Ihre Tür sprang auf.
»Franziska«, keuchte Frauke Saalberg. »Hast du die Ratte in den Zaun gehängt?«
Franziska, die vor dem aufgeschlagenen Mathematikbuch am Schreibtisch saß, drehte sich träge um, blinzelte und fragte: »Wie bitte?«
»Im Zaun vor der Tür hängt eine tote Ratte. Gott, ist das widerlich.« Frauke Saalberg schauderte. »Sieh es dir an!«
»Ich lerne gerade«, erwiderte Franziska missmutig.
»Das ist sehr löblich.« Ihre Mutter kniff die Augen zusammen und musterte Franziska. »Wie sieht denn dein Haar aus?«
»Wieso?«
»So verklebt.«
»Ich war im Schwimmbad. Hab das Duschzeug vergessen.«
»Franziska, du musst dieses Tier entfernen, bitte! Ich ekle mich so.«
»Denkst du, ich nicht?«, fragte Franziska zurück, um dann lässig aufzustehen und ihrer Mutter beruhigend auf die Schulter zu klopfen. »Bleib cool. Ich mach es schon. Wo sagst du, ist die Ratte?«

Am nächsten Tag befand sich im Posteingang von Franziskas Mailprogramm eine E-Mail von *zork699@hotmail.com.* Atemlos starrte Franziska auf die Nachricht, die am Vorabend um 23:51 Uhr abgeschickt worden war.

> *Schlampe,*
> *denkst du, man weiß nicht, was du im Wald treibst?*

40 Das elfte Schuljahr brachte einige Veränderungen. Die Klassen wurden neu zusammengestellt. Nur in den naturwissenschaftlichen Fächern und in Deutsch waren Franziska und Paul jetzt noch zusammen in einer Gruppe. Franziska fand das nicht schlecht. Sie fühlte sich unbefangener und weniger abgelenkt, wenn Paul nicht im Raum saß.
Einer stummen Übereinkunft nach, benahmen sie sich in der Schule neutral. Allerdings, so fand Franziska, übertrieb es Paul mit der Diskretion. Während er zum Beispiel mit Silke oder den anderen Mädchen aus den Kursen durchaus einmal in der Pause zusammenstand und redete, grenzte sein Verhalten ihr gegenüber geradezu an Ignoranz. Was wäre so schlimm daran, wenn die anderen was erfahren, dachte Franziska in solchen Momenten mit leisem Groll.

Ich finde es ein wenig übertrieben, dass du mich vor den anderen wie Luft behandelst. Ich gehöre nicht zu denen, die auf dem Schulhof herumknutschen wollen, aber eine normale Unterhaltung sollte doch noch möglich sein, oder?

schrieb ihm Franziska eines Nachmittags, als ihre schlechte Laune die Oberhand gewann. Kaum hatte sie die E-Mail abgeschickt, bereute sie ihre Worte auch schon. Denn nun war sie dazu verdammt, auf seine Reaktion zu warten. Und die ließ auf sich warten. Drei Tage vergingen ohne Anruf, ohne Mail. In der Schule redete er zwar ein wenig mehr mit ihr als sonst, aber immer im Beisein anderer Schüler. Er schien es geradezu darauf anzulegen, auf keinen Fall mit ihr allein zu sein.
Es hat keinen Sinn, sagte sich Franziska. Er will keine Freundin oder jedenfalls nicht mich, auch wenn er etwas anderes

sagt. Ich werde beenden, was nie richtig begonnen hat. Was war denn schon gewesen? Ein paar Spaziergänge, ein paar Küsse in einem Schlammloch. Rasch schob sie den Gedanken daran beiseite, denn wenn sie sich diese Momente in Erinnerung rief, wurde sie sofort wieder butterweich und ihr Unmut zerrann.

Am dritten Tag, einem Freitag, klingelte es ohne Vorwarnung an der Tür. Es war Paul.

»Hallo.«

Vor lauter Verblüffung brachte Franziska keinen Ton heraus. Bruno dagegen führte einen kleinen Tanz auf.

»Darf ich reinkommen?«

»Äh, ja, klar.«

Es war seltsam, Paul als Gast zu haben, noch dazu unangemeldet. Er trat in den Flur.

»Störe ich dich?«

»Nein, überhaupt nicht«, sagte Franziska verlegen. Sie hatte in ihrem Zimmer vor dem PC gesessen und einen Brief an ihn entworfen. Das Kündigungsschreiben, sozusagen. Himmel, sie musste unbedingt den Rechner ausschalten, ehe er einen Blick auf den Bildschirm werfen konnte. Am besten, er kam gar nicht in ihr Zimmer. Ja, sie konnten sich in den Garten setzen, sie waren ja allein im Haus.

In der Hand trug Paul eine Flasche Sekt, die er ihr nun entgegenstreckte.

»Er müsste noch kalt sein.«

Von der Flasche rannen Wassertropfen.

»Wollen wir uns raussetzen?«, fragte Franziska. »Bei mir oben ist es saumäßig warm.«

Sie lotste ihn durch das Wohnzimmer auf die Terrasse, wobei sich Paul interessiert im Haus umsah.

»Setz dich ruhig schon mal raus. Du kannst den Sonnenschirm aufspannen. Ich mach den Sekt in der Küche auf, ja?«
»Ja«, antwortete Paul. Er ging in den Garten, gefolgt von Bruno.
Franziska huschte rasch in ihr Zimmer und machte den Computer aus. Für alle Fälle. Wieder in der Küche, öffnete sie die Flasche und goss den schäumenden Inhalt in zwei langstielige Gläser. Sie war nervös. Was wollte er? Vielleicht dasselbe wie ich: mir mitteilen, dass es mit uns nicht geht. Nur ist er mutiger als ich. Oder schreibfaul. Aber brachte man zu so einem Anlass Sekt mit? Eher nicht. Andererseits, bei Jungs wusste man nie, die kamen auf die seltsamsten Ideen.
Sie stellte die Flasche in den Kühlschrank. Während sie die Getränke nach draußen trug, befahl sie sich: Haltung bewahren! Egal, was er dir gleich sagen wird. Bleib cool und heul nicht!
Mit einem tapferen Lächeln setzte sie sich ihm gegenüber und wappnete sich innerlich. Paul erkundigte sich nach ihrer Deutsch-Hausarbeit und bekannte sich zu den Problemen, die er damit hatte: »Ich habe diesen fetten Dostojewski-Wälzer in den Ferien lesen wollen, aber ich war am Abend immer zu müde. Jetzt habe ich mir *Schuld und Sühne* in drei Tagen reingezogen.«
»Und? Hat es dir gefallen?«
»Man hätte das auch kürzer erzählen können.«
Deshalb hatte er also keine Zeit für sie gehabt. Womit man bei Jungs so konkurriert, dachte Franziska: LAN-Partys, Fußballspiele und tote russische Schriftsteller.
»Warum lächelst du?«
»Ach, nur so.«
Paul hob sein Sektglas. Etwas steif stießen sie an.
»Gibt es was zu feiern?«, fragte Franziska.

»Meinen siebzehnten Geburtstag.«
Franziska sah ihn fassungslos an. »Und . . . und ich habe kein Geschenk. Warum hast du denn nichts gesagt?«
»Ist doch in Ordnung«, grinste Paul. »Du hast mich nie gefragt.«
»Weil ich nicht an Sternzeichen und solchen Quatsch glaube.«
»Aha. Ich bin Jungfrau. Die sind als recht schwierig verschrien.«
»Kann ich bestätigen«, sagte Franziska und nahm einen großen Schluck Sekt. Sie war auf einmal prächtiger Laune.
»Wann ist deiner?«, fragte er.
»Zwölfter Oktober.«
»Eine Waage. Immer auf Harmonie bedacht«, dozierte Paul.
»Ich sag doch, es ist Quatsch.«
»Ich habe deine Mail gekriegt«, sagte Paul unvermittelt.
»Ich war da gerade nicht so gut drauf«, versuchte Franziska das Geschriebene abzuschwächen. »Es tut mir leid.«
»Das braucht es nicht. Du hast ja recht. Ich werde mich bessern. Ich wollte dich nur nicht in Verlegenheit bringen.«
»Warum sollte mich deine Gegenwart in Verlegenheit bringen?«
»Na ja, ich habe zurzeit nicht gerade den besten Ruf. Man weiß nie, wann wieder die Polizei bei mir auftaucht.«
»Silke scheint das nichts auszumachen«, entschlüpfte es Franziska.
»Silke ist doch ganz witzig«, sagte Paul.
»Ich finde sie blöd.«
»Ja. Kann sein. Das schließt ja nicht aus, dass sie witzig ist. Unfreiwillig«, beharrte Paul zu Franziskas Verärgerung. Sie bereute ihre Worte. Eifersucht ist ein Zeichen mangelnden Selbstbewusstseins, sagte sie sich. Wer andere Frauen schlechtmacht, ist eifersüchtig.

»Hattest du schon mal einen festen Freund?«, fragte Paul.
Franziska wurde verlegen. »Nichts Richtiges«, antwortete sie vage. »Eine Urlaubsbekanntschaft aus Köln. Wir haben uns danach ein paar Mal an den Wochenenden getroffen. Aber irgendwann war es dann zu Ende. Wenn jeder andere Freunde hat und in einer anderen Stadt lebt, hat man sich bald nicht mehr viel zu sagen.«
Das Ganze war ein klein wenig übertrieben. In Wahrheit hatte es sich nach dem Urlaub nur noch um eine Brieffreundschaft gehandelt, die dann eingeschlafen war.
»Verstehe«, sagte Paul und ermutigt wagte Franziska zu fragen: »Und du? Bist du noch traurig wegen Solveig?«
Paul zuckte mit den Schultern. »Kann ich nicht sagen. Vielleicht wäre es nach dem Umzug sowieso auseinandergegangen. Aber tot – das ist schon was anderes.«
Allerdings, dachte Franziska. Möglicherweise geisterte sie nun als Heilige durch seine Erinnerung und kein Mädchen konnte ihr das Wasser reichen. Wer konnte sich schon mit einer Toten messen?
Sie schwiegen eine Weile. Es war ruhig. Die meisten Bewohner der Siedlung waren noch bei der Arbeit und Kinder, die auf der Straße spielten, gab es inzwischen kaum noch.
Sie sahen sich an. Paul lächelte und stellte seinen Stuhl neben den von Franziska. Dann küssten sie sich. Lange. Und als sie sich wieder gerade hinsetzten, behielt er ihre Hand in seiner.
»Es tut gut, mit dir zusammen zu sein«, sagte er.
Franziska lächelte glücklich. Wieder war es eine Weile still zwischen ihnen, dann sagte Paul unvermittelt: »Es war furchtbar, das mit meinem Vater. Zuerst wollten sie es vor Alexandra und mir verheimlichen. Aber wir haben sehr schnell gemerkt, dass da irgendetwas nicht mehr so ist wie früher. Eine Zeit lang

dachte ich, sie wollen sich scheiden lassen. Meine Mutter hatte immer Ringe unter den Augen, vom Heulen, und mein Vater ... Dann haben sie es uns gesagt.«

Paul unterbrach sich. Das Weiterreden fiel ihm sichtlich schwer. »Manchmal habe ich mir gewünscht, dass, wenn er schon sterben musste, es plötzlich und überraschend geschehen sollte. Ein Unfall oder ein Herzinfarkt. Alles, nur nicht dieses schreckliche halbe Jahr, in dem der Countdown lief. Jeder Tag, der verging, brachte ihn dem Tod einen großen Schritt näher. Diesen Gedanken hatte ich von morgens bis abends. Wir mussten ihm beim Sterben zusehen und konnten nichts tun. Er fing an abzunehmen. Er konnte nicht mehr zur Arbeit gehen. Eine Woche vor seinem Tod erst ist er in die Klinik gekommen. Ich musste ihm versprechen, auf die anderen beiden aufzupassen. ›Du bist jetzt der einzige Mann im Haus‹, hat er gesagt. Ich tu seitdem, was ich kann, aber ich kann ihn nicht ersetzen. Wie sollte das gehen? Er war so ... so präsent, so lebensfroh. Er war der Mittelpunkt der Familie, obwohl er viel weniger zu Hause war als meine Mutter. Meine Schwester war immer ein Papakind, sie hat das bis heute nicht verkraftet. Deshalb ist sie manchmal so mürrisch und verschlossen. Wir haben jetzt nur noch uns.«

Franziska sagte nichts, sie verstärkte nur den Druck auf seine Hand.

»Ich habe das noch nie jemandem erzählt«, sagte Paul leise. »Bis auf ...«

Hinter ihnen knackte etwas. Beide fuhren herum. Paul ließ reflexartig ihre Hand los. In den Büschen, die den Garten zur Straße hin abgrenzten, raschelte es. Bruno, der unter dem Sonnenschirm im Gras gelegen hatte, sprang auf und verschwand kläffend im Gebüsch.

»Was war das?«, fragte Paul, den Blick auf das Dickicht gerichtet.
»Keine Ahnung. Wahrscheinlich eine Katze, so wie Bruno sich aufführt«, sagte Franziska und rief den Hund zur Ordnung.
Sie wandten sich wieder einander zu. Wir hätten doch in mein Zimmer gehen sollen, dachte Franziska. Hier draußen fühlte sie sich plötzlich befangen.
Paul wirkte angespannt. Der vertrauliche Moment war vorüber. Nervös zuckte er bei jedem Geräusch zusammen und drehte sich um. Fürchtete er, beobachtet zu werden? Möglich wäre das, dachte Franziska, aber warum sollte jemand sie beide im Garten beobachten? Und vor allen Dingen: Wer? Oliver? Vielleicht hatte er Paul kommen sehen. Aber sie konnte sich Oliver beim besten Willen nicht eifersüchtig hinter Büschen lauernd vorstellen. Vielleicht sollte sie Paul von der SMS und den seltsamen E-Mails erzählen. Und von der Ratte. Andererseits wollte sie nicht riskieren, dass er sich dann womöglich wieder von ihr zurückzog.
Eine verkrampfte Viertelstunde später stand Paul auf. »Ich geh dann mal wieder.«
»Schon?«
»Ich muss noch lernen«, behauptete Paul und verabschiedete sich mit einem förmlichen Handschlag von Franziska.
Die sah ihm enttäuscht nach. Dann räumte sie die Gläser weg und klappte den Sonnenschirm zu. Alleine hatte sie keine Lust mehr, draußen zu bleiben. Sie las eine Weile in ihrem Zimmer.
Ihr Handy klingelte.
»Ja?«
Nichts war zu hören.
»Hallo? Wer ist da?«
Jemand atmete. Ein röchelnder Atem. Franziska bekam unweigerlich eine Gänsehaut. »Wer ist denn da?«, rief sie.

Jemand zischte: »Du dreckiges Miststück.« Danach wurde aufgelegt. Franziska warf das Telefon angewidert aufs Bett. Sie fror. Als sie den Wagen ihrer Mutter vorfahren hörte, war sie erleichtert, nicht mehr allein im Haus zu sein.

41

Die Morgensonne schien durch das staubige Fenster auf die Akte des Falles Katrin Pankau, den die Staatsanwältin vor sich auf dem Tisch liegen hatte. Die »Akte« war nun viel umfangreicher als vor den Ferien, genau genommen, bestand sie aus sechs dicken Ordnern, was unter anderem an den Unterlagen aus Braunschweig lag. Vielleicht, dachte sie, hätte Lamprecht den Fall doch zur Chefsache machen sollen, anstatt ihn dieser Oberkommissarin Petra Gerres zu überlassen. Nein, du bist ungerecht, tadelte sie sich selbst. Du hast bisher nur Gutes über die Gerres gehört. Sie sei klug, ehrgeizig, gründlich und hartnäckig. »Ein Terrier«, hatte der Erste Hauptkommissar Udo Lamprecht über sie bemerkt. »Wenn die sich mal festgebissen hat, lässt sie so rasch nicht mehr los.«
Staatsanwältin Winterkorn wiederum hatte ihren Vorgesetzten explizit darum gebeten, diesen Fall übernehmen zu dürfen. Immerhin war das ertrunkene Mädchen die Freundin ihrer Nichte gewesen.
Sie las die Vernehmungsprotokolle der Schüler aus Braunschweig. Plötzlich kam ihr ein beunruhigender Gedanke. Hastig blätterte sie in der Akte, doch sie fand nicht, wonach sie suchte. Dann griff sie zum Telefon.
»Polizeidirektion Hannover, Dezernat für Tötungsdelikte. Sie sprechen mit Oberkommissarin Gerres.«

»Guten Morgen. Staatsanwältin Lydia Winterkorn hier. Es geht um den Fall Pankau. Sagen Sie, haben Sie ein Foto von diesem Paul Römer? In den Akten finde ich keines.«

»Ich weiß, wo Sie eines finden können«, antwortete Oberkommissarin Petra Gerres prompt. »Augenblick mal . . .« Ihre Stimme verlor sich im Raum, als sie zu jemandem, der im Zimmer sein musste, sagte: »Daniel, such mal den Link raus von der Siegerehrung Paul Römers als Jugendmeister im Karate. Und schick ihn per Mail an Staatsanwältin Winterkorn.«

Dann war sie wieder gut zu hören.

»Mein Kollege mailt Ihnen den Link für das Foto rüber.«

»Ich danke Ihnen«, sagte die Staatsanwältin. »Und? Wie kommen Sie sonst mit den Ermittlungen voran?«

»Wir überprüfen in Zusammenarbeit mit den Kollegen aus Braunschweig gerade sämtliche Tauchschulen in Braunschweig und Hannover. Vielleicht stoßen wir ja auf einen bekannten Namen. Am liebsten würde ich eine Hausdurchsuchung bei den Römers durchführen lassen. Und eine Telefonüberwachung. Ich habe das Gefühl, dass diese Familie etwas verschweigt.«

»Welche tut das nicht?«, kam es lapidar zurück.

»Die Chancen dafür, das beim Richter durchzukriegen, stehen wohl nicht gut, was?«, meinte Petra, die die Antwort schon zu kennen glaubte. Doch die Staatsanwältin antwortete: »Ich bin dabei, zu prüfen, ob ich etwas finde, womit ich beim Richter einen Durchsuchungsbeschluss erwirken kann. Halten Sie mich bitte unbedingt auf dem Laufenden über den Fall, Frau Gerres.«

»Klar, mach ich«, sagte Petra erfreut. Dann wurde aufgelegt. Immerhin, dachte Petra, hat sie mich nicht gleich ausgelacht.

Wenige Minuten später öffnete Staatsanwältin Lydia Winterkorn den Link, den ihr Daniel Rosenkranz geschickt hatte. Als sie das Bild des hochgewachsenen jungen Mannes mit der Medaille vor der Brust sah, tat sie einen tiefen Seufzer. Erneut griff sie zum Telefon. Diesmal wählte sie die Nummer ihrer Schwester Frauke.

42

»Franziska, wir müssen mit dir reden.«

Oje. Wenn ihr Vater so begann, dann wurde es ernst. Überhaupt – es war halb neun. Franziska hatte heute erst zur dritten Stunde Schule, aber was tat ihr Vater eigentlich noch hier? Auch ihre Mutter saß am Küchentisch und erstaunlicherweise ohne die aufgeschlagene Zeitung vor sich. Sofort durchforschte Franziska ihr Gewissen, stieß jedoch auf keine Verfehlung ihrerseits, welche die strenge Miene ihres Vaters gerechtfertigt hätte. Sie setzte sich vorsichtig auf ihren angestammten Stuhl. Ihre Eltern saßen beide mit steifem Rücken da und sahen sie an. Wie bei Loriot, durchfuhr es Franziska und um ein Haar hätte sie gegrinst.

»Was ist denn?«

»Triffst du dich noch mit diesem Paul, der neulich hier angerufen hat?«

»Klar. Er geht mit mir in Mathe und Physik. Und Deutsch.«

»Ich meine, außerhalb der Schule«, sagte ihre Mutter.

»Ja. Gestern war er sogar kurz hier. Wir haben im Garten gesessen«, fügte sie rasch hinzu. »Wegen der Deutsch-Hausarbeit«, schwindelte sie, denn die Gesichter ihrer Eltern waren bei dieser Neuigkeit nicht gerade fröhlicher geworden.

»Deine Mutter und ich möchten dich dringend bitten, dich nicht mehr mit diesem jungen Mann zu treffen.«

»Und warum?«, fragte Franziska trotzig. Verdammt, sie war fast siebzehn. Sie konnten ihr nicht vorschreiben, mit wem sie sich traf. Dazu müssten sie sie schon zu Hause anbinden.

Als wären ihr die Gedanken auf die Stirn geschrieben, sagte ihre Mutter: »Natürlich können wir dich nicht auf Schritt und Tritt überwachen. Wir möchten trotzdem, dass du uns versprichst, ihn nicht mehr zu sehen. Schon gar nicht an Orten, an denen sonst keiner ist.«

»Häh? Kann mir mal einer erklären, was hier los ist?«

»Ja, das können wir.« Jetzt war wieder ihr Vater an der Reihe. Als hätten sie ihr Stück vorher geprobt, dachte Franziska.

Der Mund ihres Vaters wurde zum Strich, aus dem er hervorpresste: »Dieser junge Mann steht im Verdacht, möglicherweise zwei Mädchen auf dem Gewissen zu haben, von denen eines deine beste Freundin war.«

»Das ist Blödsinn. Paul hat niemandem was getan, das weiß ich genau. Und ich werde ihn jetzt nicht hängen lassen, nur weil . . .« Franziska ließ den angebrochenen Satz in der Luft hängen und kämpfte gegen die überfallartig aufsteigenden Tränen der Wut.

»Franziska«, sagte ihre Mutter besänftigend, »wir haben uns das gut überlegt, glaub mir. Wir hoffen, dass du es einsiehst.«

»Nein, das sehe ich nicht ein. Ganz und gar nicht.«

»Wenn du so stur bist, dann werde ich mal mit diesem jungen Herrn reden müssen«, verkündete ihr Vater.

»Wenn du das machst . . .«, schrie Franziska. Sie war vom Stuhl aufgesprungen.

»Ja?«, fragte ihr Vater nur scheinbar ruhig. »Was dann?«

»Dann rede ich kein Wort mehr mit euch!«

Ihre Mutter seufzte. »Hört auf, euch gegenseitig zu drohen. Franziska, es ist ja nicht für alle Zeiten. Wenn sich der Verdacht als unbegründet herausstellen sollte . . .«

»Ha! Du redest wie Tante Lydia. Von der hast du das wahrscheinlich, oder? Die hat ja den direkten Draht zur Polizei. Darf sie das eigentlich, mit jedem über laufende Fälle reden?«

»Ich bin nicht *jeder*, sondern ihre Schwester. Deine Tante macht sich Sorgen um dich.«

»Na, vielen Dank!«, schnaubte Franziska.

»Außerdem brauchte es dazu keine Lydia«, sagte ihr Vater. Er wandte sich um und griff unter die Papiertüte mit frischen Brötchen, die Franziska erst jetzt bemerkte. Unter der Tüte zog er eine Zeitung hervor: Die *Bild Hannover*. Das war bemerkenswert, denn normalerweise duldete Frauke Saalberg diese Art Lektüre nicht im Haus.

Unter Mordverdacht

Hat dieser Junge zwei Mädchen auf dem Gewissen?

Unter der fetten Schlagzeile waren Fotos von Paul, Solveig und Katrin zu sehen. Franziska riss ihrem Vater die Zeitung aus der Hand. Der knapp gehaltene Artikel berichtete in kurzen und teilweise unvollständigen Sätzen die schon bekannten Tatsachen, in der für das Blatt üblichen drastischen Wortwahl.

»Kannst du jetzt verstehen, warum wir besorgt sind?«, fragte ihre Mutter.

Franziska atmete ein paar Mal tief durch. Dann straffte sie ihren Rücken, sah ihre Mutter herausfordernd an und sagte: »Nein. Du selbst sagst doch immer, man darf kein Wort glauben von dem, was in dieser Zeitung steht.« Damit warf sie das Papier auf den Tisch und verließ den Raum.

43 Petra las den Artikel zum Frühstückskaffee auf der Dienststelle. Ihr war nicht wohl dabei. Gestern, in der Teamsitzung, hatten sie beraten, wie sie vorgehen sollten.
»Einen Durchsuchungsbeschluss kriegen wir nicht durch. Auch keine TÜ«, hatte Lamprecht erkannt. Die Bedingungen, unter denen ein Richter einer Durchsuchung oder einer Telefonüberwachung zustimmte, waren in der letzten Zeit immer mehr eingeschränkt worden. Obwohl gleichzeitig das Bedürfnis der Bürger nach Sicherheit gestiegen war.
»Vielleicht sollten wir die Presse einweihen«, hatte er vorgeschlagen.
»Was soll das bringen?«, hatte Petra gefragt.
»Die Familie gerät unter Druck. Wer nervös ist, macht Fehler.«
Petra verstand sein Argument, doch es widerstrebte ihr, einen Jugendlichen und seine Familie der Presse zum Fraß vorzuwerfen. Andererseits hatten sich die Römers auch nicht gerade kooperativ gezeigt. Die Vernehmung von Paul und seiner Schwester im Beisein dieses öligen Anwalts war ihr noch in guter Erinnerung. Selten war Petra so von oben herab behandelt worden. Und vielleicht hatte Lamprecht ja recht. Vielleicht konnte eine Veröffentlichung Bewegung in diese verfahrene Sache bringen.
Die anderen Kollegen schienen Gefallen an der Idee gefunden zu haben und Petra hatte nicht genug Argumente oder Alternativen, um ihrem Chef zu widersprechen. Also stimmte sie zu. Aber ein ungutes Gefühl war geblieben, und als sie jetzt den Artikel sah, war ihr erneut nicht wohl dabei. Sie war noch nie der Meinung gewesen, dass der Zweck jedes Mittel heiligte.
Sie hatte Volker Baumann gestern über die neue Strategie der Kripo Hannover in Kenntnis gesetzt. Er hatte die Neuigkeit

kommentarlos entgegengenommen. Stattdessen hatte er sie gefragt: »Darf ich dich in Hannover besuchen? Ich meine – privat.«

»Vielleicht warten wir damit, bis der Fall abgeschlossen ist«, hatte Petra ausweichend geantwortet.

»Warum? Wir sind doch von derselben Mannschaft. Wen würde das stören?«

»Niemanden. Aber trotzdem . . .«

»Habe ich was falsch gemacht?«

»Nein, im Gegenteil. Sie . . .«, sie unterbrach sich, weil sie sich erinnerte, dass sie nach dem dritten Caipirinha zum Du übergegangen waren, ». . . du hast nichts falsch gemacht. Es war ein sehr schöner Abend, wirklich. Vielleicht zu schön. Ich muss das erst mal sacken lassen. Ich will nicht in was reinstolpern, was ich noch nicht überblicke.«

»Gut«, sagte er freundlich. »Ich werde jetzt nicht jeden Tag anrufen und dich dasselbe fragen. Sag einfach Bescheid, ja?«

»Ja.«

Danach hatte sie den ganzen Abend gewartet, ob er vielleicht doch noch einmal anrufen würde. Wenn er anruft, sag ich ihm, dass er herkommen soll. Sofort. Aber der Apparat war stumm geblieben. Offenbar war Volker Baumann ein Mann, auf dessen Wort man sich verlassen konnte.

44

In ihrem Zimmer bemerkte Franziska, dass sie am ganzen Körper zitterte. Sie war so heftigen Streit mit ihren Eltern nicht gewohnt, und obwohl sie fand, dass sie als Siegerin aus der Auseinandersetzung hervorgegangen war, setzte ihr die schlechte

Stimmung doch ziemlich stark zu. Sie stand am Fenster und wartete, bis nacheinander ihr Vater und ihre Mutter das Haus verließen. Dabei versuchte sie dreimal, Paul auf seinem Handy zu erreichen. Er sollte vorgewarnt sein, ehe er womöglich ahnungslos zur Schule ging. Aber Pauls Mobiltelefon klingelte ins Leere und auch die Mailbox meldete sich nicht. Schließlich schickte ihm Franziska eine kurze Warnung vor dem Zeitungsartikel per SMS und per E-Mail.

Dann schwang sie sich auf ihr Fahrrad. Vielleicht traf sie Paul noch vor dem Eingang.

Paul war nirgends zu sehen. Er war auch nicht im Mathe-Kurs. Er war offenbar nicht zur Schule gekommen. Kein Wunder, dachte Franziska. Erwartungsgemäß war der Artikel natürlich *das* Thema unter den Schülern. Es gab Witzeleien und Kommentare wie »Serienkiller«, »Killer-Paule« oder »Das Monster vom See«, aber im Großen und Ganzen waren die meisten Schüler der Meinung, dass der Artikel unfair und reißerisch war. Diese Art, mit jemandem umzugehen, dessen Schuld durch nichts bewiesen war, fanden alle unmöglich.

In der Pause hielt Franziska Ausschau nach Pauls Schwester Alexandra. Aber sie sah sie nirgends. Offenbar hatte sich die ganze Familie eingeigelt. Es musste furchtbar sein, so verdächtigt und bloßgestellt zu werden. Womöglich lungerten Reporter vor dem Haus herum?

»Na, geht's deinem Liebsten an den Kragen?« Oliver war dicht hinter sie getreten und wisperte die Worte in ihr Ohr.

Franziska wandte sich um. Sein hübsches Gesicht wurde von einem hämischen Grinsen entstellt.

Sie wollte sich demonstrativ von ihm abwenden, aber er sagte: »Hat er dir eigentlich erzählt, dass er schon mal in der Klapse war?«

Franziska zögerte. »Woher willst du das wissen?«
»Connections«, sagte Oliver kryptisch. »Dein lieber Paul ist ein Psycho. Voll durchgeknallt. Und wenn du nicht aufpasst, bist du die nächste.«
»Red keinen Scheiß. Sein Vater ist gestorben. Vielleicht hat er deswegen Hilfe gebraucht.«
»Glaub, was du willst«, antwortete Oliver und ließ sie stehen, was Franziska ganz besonders wurmte.
»Du bist so ein Arsch«, schrie sie ihm über den Pausenhof hinterher.
Nach der Pause hatten sie Deutsch. Frau Holze-Stöcklein verwarf ihren ursprünglichen Unterrichtsplan und diskutierte mit den Schülern über den Artikel.
»Jeder von uns kann durch Zufall in eine solche Lage geraten. Doch jeder Mensch ist so lange unschuldig, bis seine Schuld bewiesen ist. Und hier gibt es bislang nicht den Hauch eines Beweises. Also helft eurem Klassenkameraden, indem ihr ihn nicht vorverurteilt«, sagte sie am Ende der Stunde. Die Schüler nickten. Die makabren Sprüche waren ihnen ohnehin schon ausgegangen.

Nach der Schule hatte es Franziska nicht eilig, nach Hause zu kommen. Sie beschloss, Paul zu besuchen. Sie wollte sehen, wie es ihm ging, und ihm von der Stimmung unter den Schülern erzählen. Sicher half es ihm, wenn er erfuhr, dass die allermeisten zu ihm hielten.
Franziska wusste, wo Paul wohnte. In den Ferien war sie einmal, ganz, ganz schnell, als würde sie etwas Verbotenes tun, durch die Straße gefahren. Es war eine gemischte Gegend, kleine Häuschen aus den Sechzigern, ein paar Wohnblocks und Kleingewerbe. Nicht gerade das attraktivste Wohnviertel. Nun

lehnte sie ihr Rad an den Zaun und drückte auf die Klingel am Gartentor. Im Nachbargarten werkelte eine alte Frau, die sie neugierig beobachtete.
Nichts rührte sich. Da das Gartentor nicht abgeschlossen war, beschloss Franziska, es noch einmal direkt an der Haustür zu versuchen. Nach dem dritten Klingeln wurde die Tür geöffnet. Aber nur einen handbreiten Spalt. Dahinter stand Alexandra.
»Hallo. Ist Paul da?«
»Nein.«
Franziska war überzeugt, dass sie log.
»Ich wollte ihm was für den Unterricht vorbeibringen. Außerdem muss ich ihn dringend sprechen.«
»Ich sagte doch, er ist nicht da«, beharrte Alexandra nicht eben freundlich. »Du kannst die Sachen für ihn dalassen. Ich richte ihm aus, dass du hier warst.«
In diesem Moment erschien Paul hinter seiner Schwester. Er schob sie kommentarlos zur Seite und sie verschwand im Dunkel des Flurs.
»Hallo«, sagte Franziska.
»Hallo«, sagte Paul. Er trat vor die Tür.
»Was gibt's?«
»Ich wollte dir . . . also erst mal: Es tut mir so leid, wegen des Artikels. Ich glaube natürlich kein Wort davon. Und die anderen auch nicht. Wir haben heute in der Schule lange darüber geredet.«
»Das kann ich mir vorstellen.«
»Nein. Es ist nicht so, wie du denkst. Klar, ein paar Lästermäuler gibt es immer, aber die meisten halten zu dir. Sie finden den Artikel unmöglich. Das wollte ich dir nur sagen. Am besten, du kommst so bald wie möglich wieder in die Schule.«
»Sagt wer?«

»Äh . . . niemand.«
Franziska war irritiert. Warum war er so kurz angebunden, beinahe abweisend? Als wäre der Zeitungsartikel ihre Schuld.
»Ach, und morgen müssen wir unsere Deutsch-Hausarbeit abgeben. Wenn du nicht zur Schule gehen willst, dann kann ich sie ja für dich mitnehmen. Wenn dir das recht ist.«
»Danke, ich regle das schon.«
»Gut. Dann belästige ich dich nicht länger«, sagte Franziska eisig. Sie drehte sich um und verließ fluchtartig das Grundstück. Sie verstand die Welt nicht mehr. Sie hatte Paul helfen wollen – und er bat sie nicht einmal ins Haus.
»Ciao«, rief ihr Paul hinterher und dann klappte die Haustür auch schon wieder zu.
Da die Fenster zur Straße hin gekippt waren, konnte Franziska noch hören, wie seine Mutter fragte: »Wer war das?«
»Nur ein Mädchen aus meiner Klasse. Wegen der Deutsch-Hausarbeit«, hörte sie Paul in gleichgültigem Ton antworten.
Hastig schloss Franziska ihr Fahrrad auf und fuhr, so schnell sie konnte, los. Da zerriss sie sich beinahe für ihn, verteidigte ihn nach allen Seiten, verkrachte sich wegen ihm sogar mit ihren Eltern – und er? Behandelte sie wie eine, eine . . . Franziska fiel kein Wort ein für die Demütigung, die sie gerade erlitten hatte.

Franziska war froh, dass noch keiner zu Hause war, als sie zurückkam. So konnte niemand ihre Tränen sehen. Sie hatte keinen Hunger, deshalb ging sie gleich in ihr Zimmer.
Sie spürte es sofort: Irgendetwas war anders. Die Bettdecke war auf eine ungewohnte Art zusammengerollt, ihr Kleiderschrank stand weit offen. Franziska war sich einigermaßen sicher, ihn heute Morgen geschlossen zu haben. Der Locher hatte noch nie

im Bücherregal gestanden und die Lampe auf dem Schreibtisch war normalerweise so platziert, dass sie den kleinen Brandflecken verdeckte, der vor Jahren durch eine Kerze entstanden war. Jetzt stand die Lampe viel weiter links. Sie öffnete die drei Schubladen. Ihr Adressbuch lag sonst immer in der rechten Schublade – jetzt in der mittleren.

Ihre Eltern! Sie mussten in ihren Sachen geschnüffelt haben. Vielleicht hatten sie mehr über Paul und sie herausfinden wollten. Hatten sie erwartet, dass sie darüber Tagebuch führte? Traurig, dass es so weit gekommen war. Bis jetzt hatte man darauf vertrauen können, dass innerhalb dieser Familie niemand in den persönlichen Sachen des anderen schnüffelte.

Sie fuhr den Computer hoch. Es war nicht mehr das neueste Modell, deshalb dauerte es fast eine Minute. Zeit, in der Franziska zur Besinnung kam. Wann hätten ihre Eltern eigentlich ihr Zimmer durchsuchen sollen? Sie selbst war heute Morgen die Letzte gewesen, die das Haus verlassen hatte. Die Vorstellung, wie ihr Vater oder ihre Mutter hinter einer Hecke darauf lauerten, dass sie das Haus verließ, um dann zurückzukommen und ihr Zimmer auseinanderzunehmen, war lächerlich. Um ihr nachzuschnüffeln, würden sie bessere Gelegenheiten finden. Und nicht so auffällige Spuren hinterlassen. Franziska spürte auf einmal, wie die Angst herankroch. Es gab nur eine Erklärung: Eine fremde Person war in ihrem Haus, in ihrem Zimmer gewesen. Fremde Hände hatten ihre Sachen berührt, ihre Kleider, ihr Bett, hatten Dinge angefasst und von gewohnten Plätzen entfernt. Irgendjemand hatte ihr Zimmer, ihre Zuflucht, ihren Rückzugsort, den privatesten Ort, den sie besaß, zu einem Objekt seiner Neugier gemacht.

Franziska hatte ihre Tante einmal sagen hören, dass sich Opfer von Einbrüchen oft fühlten, als wäre ihr Haus vergewaltigt

worden. Ein ähnliches Gefühl beschlich nun Franziska. Wo sollte sie sich von jetzt an noch sicher fühlen?
Ehe sie ganz von Panik ergriffen wurde, befahl sie sich, praktisch zu denken. Wenn es ein Einbrecher war, dann hatte er etwas gesucht und womöglich auch gestohlen. Dies galt es zuerst zu klären. Sie prüfte nach, ob in ihrem Zimmer etwas fehlte. Wertvolle Sachen besaß sie nicht, aber vielleicht hatte der Eindringling ein Souvenir mitgenommen. Mit einem unbehaglichen Gefühl in der Magengegend schaute sie in ihre Wäschekommode. Hier schien alles unangetastet. Zumindest war kein Wäschefetischist am Werk gewesen, sagte sie sich mit einem Anflug von Fatalismus. Auch die Goldmünze, ein Erbstück ihrer Großmutter, war noch da.
Wie war der Fremde hereingekommen? Das Fenster ihres Zimmers war gekippt, aber es lag im ersten Stock. Mit einer Leiter? Viel zu auffällig. War sonst irgendwo ein Fenster offen? Sie ging prüfend durch das Haus. Die anderen Zimmer schienen unangetastet. Fernseher, Stereoanlage, die Fotoausrüstung und die Asterixhefte-Sammlung ihres Vaters, alles war noch da. Keines der unteren Fenster stand offen, die Kellertür war verschlossen.
Der Notschlüssel! Franziska eilte nach draußen und griff in den Buchsbaum. Der Schlüssel war da. Sie sah ihn nachdenklich an. Außer ihrer Familie wusste nur noch Tante Lydia von dem Versteck. Dass Lydia heimlich ihr Zimmer durchsuchte, war nun wirklich völlig undenkbar. Hatte jemand beobachtet, wie einer von ihnen den Schlüssel hier herausgenommen oder deponiert hatte? Aber bei welcher Gelegenheit? Und wer? Oliver vielleicht. Sie überlegte, ob sie den Notschlüssel in seiner Gegenwart benutzt hatte. Nach dem Schwimmbad, das könnte gut sein. Ins Schwimmbad nahm Franziska ihren Schlüsselbund wegen der Diebstahlgefahr nie mit.

Andererseits – wenn sich Franziska das »Versteck« nun betrachtete –, jeder Einbrecher mit ein bisschen Fantasie würde wohl als Erstes die Büsche im Vorgarten untersuchen. Sie sollten sich schleunigst ein originelleres Depot für den Schlüssel ausdenken.
Blieb die Frage, wonach der Eindringling gesucht hatte? Und warum so auffällig? Fast schien es, als hätte er gewollt, dass sie es bemerkte. Der Eindringling hat gar nichts gesucht, schlussfolgerte Franziska, sondern jemand legte es darauf an, ihr Furcht einzujagen. Das hatte ja auch geklappt. Und es passte. Es passte zu den E-Mails, der SMS, dem komischen Anruf, der toten Ratte. Vielleicht gehörte der aufgestochene Fahrradreifen von neulich auch zu dieser Serie. Aber warum das alles?
Tief in Gedanken ging Franziska wieder nach oben. Der Computer war hochgefahren. Franziska rief ihre E-Mails ab.
Fast hatte sie es geahnt: *Zork699* hatte Neuigkeiten für sie.

Schlampe, lass deine Dreckfinger von Paul. Sonst passiert was!

Obgleich die Nachricht eine Drohung enthielt, war sie für Franziska weniger erschreckend als die vorangegangenen. Endlich sagte der Unbekannte, was er wollte, und wagte sich damit selbst ein Stück aus der Deckung. Wie sie vermutet hatte, hatten diese Nachrichten was mit Paul zu tun. Paul, der sie behandelte wie Dreck. Auf einmal spürte Franziska nichts anderes mehr als eine unbändige Wut. Und obwohl eine kleine Stimme in ihrem Kopf leise sagte, dass das, was sie jetzt vorhatte, keine gute Idee sei, wurde die Stimme der Vernunft durch die des Jähzorns übertönt: Das lässt du dir nicht gefallen! Franziska drückte auf *Antworten* und schrieb:

Du kannst mich mal! Ich akzeptiere keine Vorschriften von einem Feigling.

Dass sie vor einer knappen Stunde innerlich mit sich selbst übereingekommen war, das Kapitel Paul von sich aus zu beenden, war in diesem Fall zweitrangig. »Wer immer du bist, du Arsch, du machst mir keine Angst! Und erst recht keine Vorschriften!«, sagte sie laut zu ihrem Bildschirm und klickte wild entschlossen auf das Feld »Senden«.
Danach war ihr wohler.

45

Zur Kaffeezeit rief Volker Baumann an. Diesmal gab Daniel Rosenkranz den Hörer ohne Kommentare an Petra weiter.
»Petra Gerres, Polizeidirektion Hannover!«
»Hallo Petra.«
»Guten Tag.« Petra vermied die Anrede. Daniel musste ja nicht unbedingt wissen, dass sie sich duzten.
»Gibt es Neuigkeiten?«, fragte sie.
»Ja. Meine Kollegen sind bei einer Tauchschule in Braunschweig fündig geworden. Vor vier Jahren hat dort ein gewisser Jost Römer einen Tauchkurs gemacht. Der Vater von Paul.«
Petra stieß einen leisen Pfiff aus. »Also gab es zumindest einen Taucher in der Familie.«
»Und der kann es den anderen beigebracht haben«, ergänzte Volker Baumann.
»Gute Arbeit, Herr Kollege.«
»Das war nicht ich allein, *Frau* Kollegin.«
»Wie wollen wir weitermachen?«, fragte Petra, den leisen Spott in seiner Stimme überhörend.
»Meine Kollegen sind dabei, den damaligen Bekanntenkreis der

Römers zu befragen. Ob jemand weiß, wann und wo der Vater tauchen war, ob die Kinder mal dabei waren.«

»Die Ferienreisen der Familie dürfen wir nicht vergessen«, sagte Petra, die sich daran erinnerte, was Oliver Thate im Schwimmbad erzählt hatte. »Viele tauchen nur im Urlaub.«

»Stimmt. Und sonst?«, fragte Volker Baumann.

»Heute Morgen hatte unser Chef den Anwalt der Römers am Telefon. *He was not amused.* Er faselte was von einer Dienstaufsichtsbeschwerde.«

»Wegen des Zeitungsartikels?«

»Ja. Lamprecht hat in aller Unschuld sehr bedauert, dass es offenbar irgendwo eine undichte Stelle innerhalb der Kripo oder der Staatsanwaltschaft gibt. Es würde ihm außerordentlich leid tun, und so weiter.«

»Ja, so eine Indiskretion kommt leider immer wieder vor«, sagte Baumann und man hörte seiner Stimme an, dass er dabei grinste. »Wann sehen wir uns wieder?«

»Lassen Sie uns nächste Woche über diese Sache reden«, sagte Petra und warf einen Seitenblick auf Daniel Rosenkranz, der scheinbar sehr konzentriert in einer Akte blätterte, dessen Ohren aber die Größe von Rhabarberblättern angenommen hatten.

»Einverstanden«, sagte Volker Baumann. »Das klingt doch gut.«

»Ihnen auch einen schönen Tag«, sagte Petra und legte auf. Was, zum Teufel, hatte jetzt dieses dämliche Herzklopfen zu bedeuten?

»Na? Fortschritte?«, erkundigte sich Daniel.

»Paul Römers Vater hat einen Tauchkurs gemacht.«

»Ah. Mir war so, als hätte ich zwischen den Zeilen eurer Unterhaltung so einen konspirativen Unterton herausgehört.«

»Wahrscheinlich hörst du auch das Gras wachsen.«

46 Franziska holte Staubsauger, Putzeimer und Lappen. Drei Stunden lang säuberte sie ihr Zimmer so gründlich wie ein Verbrecher, der alle Spuren am Tatort entfernen will. Ihre Mutter, die zwischenzeitlich nach Hause gekommen war, registrierte das außergewöhnliche Tun ihrer Tochter mit Befremden.
Als die Putzaktion beendet war, fiel Franziska wieder ein, dass sie ihre Hausarbeit über *Das Parfum* noch fertigmachen musste. Stramme fünfzig Seiten hatte sie während der öden Ferienwochen geschrieben, sodass sie sie jetzt nur noch formatieren und ausdrucken musste. Sie rief das Verzeichnis »Schule« auf. Sekunden später wurde ihr heiß. Die Datei *Hausarbeit–Parfum* war weg. Auch die Suchfunktion brachte kein Ergebnis. Sie zog die linke Schublade auf. Sie hatte eine Sicherungsdiskette angelegt. Hastig blätterte sie die Disketten in der Plastikbox durch. Sie atmete auf. Gott sei Dank, da war sie ja.
»Daran hast du wohl nicht gedacht, was?«, murmelte Franziska, während sie die Diskette ins Laufwerk schob. Franziska öffnete die Datei.
Ha! Ha! Ha!
Sonst stand da nichts.
Franziska schluchzte auf. »Verdammt! Was hab ich dir getan?«, schrie sie verzweifelt.
Das alles würde ihr Frau Holze-Stöcklein niemals glauben. Und die Sache war auch viel zu kompliziert und unglaubwürdig, um sie ihr zu erzählen. Die einzige Möglichkeit war, ihre Lehrerin zu belügen und einen Crash der Festplatte zu erfinden. Aber natürlich würde Frau Holze-Stöcklein fragen, warum Franziska keine Sicherungskopie erstellt hatte. Sie würde ihr eine Sechs geben müssen. Ansonsten würden in Zukunft dutzendweise säumige Schüler mit ähnlichen Geschichten daherkommen.

Anscheinend war jemand wirklich daran interessiert, sie in Schwierigkeiten zu bringen. Entnervt ließ Franziska ihren Tränen freien Lauf. Vor lauter Heulen bemerkte sie nicht, wie ihre Mutter ins Zimmer getreten war.

Erst als eine Hand ihr Haar berührte, fuhr sie erschrocken hoch.

»Ich wollte dich nicht erschrecken.«

»Was wolltest du dann?«, fragte Franziska und wandte ihr verschwollenes Gesicht ab.

»Es tut mir leid, ich wollte heute Morgen nicht mir dir streiten. Aber wir machen uns Sorgen.«

So ganz unrecht hatten sie ja nicht, musste Franziska ihrer Mutter zugestehen. Wenn sie erst von all den seltsamen Vorkommnissen wüssten . . .

»Meine Hausarbeit ist weg. Morgen ist Abgabe und sie ist weg!«

»Wie, weg?«

»Die Datei. *Das Parfum.* Ich muss sie aus Versehen gelöscht haben. Und eine Diskette habe ich nicht«, fügte Franziska gleich hinzu.

»Wie viele Seiten waren das?«

»Fünfzig.«

»Hast du noch Notizen? Du bist doch immer mit dem Schreibblock im Garten herumgesessen . . .«

»Das sind nur Stichpunkte. Ich krieg doch bis morgen keine fünfzig Seiten mehr zusammen.«

Frauke Saalberg überlegte. Dann fragte sie: »Hast du das Thema vorher festlegen müssen?«

»Es gab drei Bücher zur Auswahl. *Schuld und Sühne, Das Parfum* und *Der Besuch der alten Dame.*«

»Und du hast dich für *Das Parfum* eingetragen?«

»Nicht eingetragen. Sie hat nur gefragt, wer was machen will. Ich weiß nicht, ob sie sich das notiert hat. Warum?«

»Wäre es – sagen wir mal – schlimm, wenn du dich anders entschieden hättest und nur vergessen hättest, das der guten Frau Holze-Stöcklein mitzuteilen?«

Franziska überlegte. »Nein, ich glaube nicht. Es muss aber eines von diesen drei Büchern sein. Warum fragst du das?«

»Ich habe da zufällig eine Hausarbeit von mir über *Schuld und Sühne* aus dem ersten oder zweiten Semester.«

»Aber die hast du doch nicht auf dem PC, oder? Gab's damals überhaupt schon PCs?«

»Ja, aber ich hatte natürlich keinen. Die Arbeit habe ich noch schön sauber auf der Maschine geschrieben. Mein Gott, wie einfach das alles geworden ist«, schweifte ihre Mutter ab. »Was den Nachteil hat, dass sich heute jeder, der einen Computer hat, zum Schriftsteller berufen fühlt.«

»Ich kann doch nicht die ganze Arbeit über Nacht abtippen«, kam Franziska wieder auf das Thema zurück. Aber auch dafür hatte Frauke Saalberg eine Lösung. »Wenn du aufhörst zu jammern, dann gehen wir jetzt in mein Arbeitszimmer und scannen das Seite für Seite ein. Los, komm.« Schon war sie unterwegs, während sie sagte: »Wir müssen natürlich ein bisschen was rausstreichen, die Arbeit ist über hundert Seiten lang. Zu wissenschaftlich darf es auch nicht sein, sonst riecht deine Lehrerin sofort Lunte. Aber das kriegen wir schon hin.« Franziska sah Licht am Ende des Tunnels und wagte ein Lächeln. Ihre Mutter hingegen schien geradezu begeistert zu sein, dass ihr geistiges Werk noch einmal zu späten Ehren kommen sollte. Sie sprühte vor Eifer, während sie mit einer kleinen Leiter die höheren Etagen ihrer Bücherwand erklomm.

»Ist das nicht Betrug?«, gab Franziska zu bedenken.

»Es ist ein Notfall, oder? Ah, da ist sie ja. Bisschen staubig.«

»Du hättest mir das Ding auch gleich geben können«, meinte

Franziska. »Dann hätte ich mir die viele Arbeit in den Ferien sparen können.«
»*Das* wäre nun wirklich Betrug gewesen«, versetzte ihre Mutter und stieg von der Leiter. Eine Spinnwebe verunzierte ihr Haar.
»Und wenn ich eine Vier dafür kriege?«
»Dann werde ich der guten Frau aber was erzählen«, drohte Frauke Saalberg und ballte die Faust.
Franziska umarmte ihre Mutter. »Danke, Mama!«
»Ich bitte dich. Die Familie muss doch zusammenhalten. Los jetzt, an die Arbeit!«
In Gedanken sagte Franziska zu dem Unbekannten: *Siehst du? Du kriegst mich nicht klein. Du nicht!*

47

Franziska erschien todmüde in der Schule, aber mit siebzig Seiten *Schuld und Sühne* in der Tasche. Sie ließ die Mappe nun nicht mehr aus den Augen, sogar in der Pause nahm sie sie mit nach draußen. »Es ist so genial, ich kann mich so schwer davon trennen«, gab sie zur Antwort, als Silke eine dumme Bemerkung machte. Silke schüttelte nur den Kopf und deutete einen Vogel an. Kurzzeitig flammte ein Verdacht in Franziska auf. Doch, nein, Silke war schlicht zu dämlich für eine so raffinierte Einschüchterungs-Strategie.
Paul war zur Schule gekommen und alle bemühten sich, sich ihm gegenüber ganz normal zu verhalten. Sie waren so »normal«, dass es schon fast wieder groteske Züge annahm. Jeder lächelte ihm kumpelhaft zu, den Zeitungsartikel über ihn schien es nie gegeben zu haben, keiner erwähnte ihn auch nur mit einem Wort.

»Servus, Alter«, begrüßte ihn Oliver. Nie vorher hatte er sich Paul gegenüber zu einer solchen Anrede hinreißen lassen. Dazu schlug er ihm plump-vertraulich auf die Schulter.
Kurioserweise war es nun Franziska, die Paul aus dem Weg ging. Sie merkte, dass er das Gespräch mit ihr suchte, aber sie behandelte ihn mit einer so oberflächlichen, nichtssagenden Freundlichkeit, die in ihrer Wirkung abweisender war, als wenn sie ihn demonstrativ ignoriert hätte. Sein Benehmen von gestern war unmöglich gewesen, das musste er begreifen. Dieses ewige Hü und Hott, so konnte er mit ihr nicht umspringen.
Nach der Pause ging Frau Holze-Stöcklein von Tisch zu Tisch und sammelte die Deutsch-Hausarbeiten ein.
»Wolltest du nicht über *Das Parfum* schreiben, Franziska?«
»Ja. Aber dann las ich *Schuld und Sühne* und die Wucht dieses Romans hat mich glatt umgehauen. Ich *musste* dieses Buch nehmen! Tut mir leid, ich habe vergessen, es Ihnen zu sagen.«
Frau Holze-Stöcklein sah Franziska forschend an. Es war eigentlich nicht die Art dieser Schülerin, sie zu veräppeln.
»Soso, die Wucht des Romans, na, wir werden sehen«, brummte sie.
Franziska hatte währenddessen versucht, ihre Klassenkameraden im Auge zu behalten. Aber falls jemand überrascht oder enttäuscht war, so wusste er oder sie das gut zu verbergen.
Das wäre geschafft. Bis ein Uhr hatten sie und ihre Mutter gestern Nacht am Computer gesessen, hatten Sätze gestrichen und umformuliert, dabei leidenschaftlich debattiert. Aber nur über den Stoff. Das Thema Paul war weiträumig umschifft worden, wie ein gefährlicher Eisberg.
Die Deutschnote war gerettet, aber Franziska war nicht glücklich damit. Sie hätte lieber die Früchte ihrer eigenen Arbeit geerntet. Es tat ihr leid um ihre Hausarbeit, denn sie hatte sich

Mühe gegeben und hatte sie gut gefunden. Nun war sie nur noch erschöpft und gekränkt. Die gestrigen Aufregungen hatten sie doch mehr zermürbt, als sie zuerst geglaubt hatte. Außerdem hatte sie, obwohl sie todmüde gewesen war, sehr schlecht geschlafen – vorsichtshalber bei geschlossenem Fenster. Wenn man von Schlaf überhaupt reden konnte. In der warmen, stickigen Luft hatte sie sich ruhelos hin und her gewälzt und war bei jedem Laut hochgeschreckt. Wie viele Geräusche es nachts in einem Haus gab! Da knackten Dielen, rauschten Leitungen, schlugen Uhren, brummte der Kühlschrank.

Franziska wollte heute nur noch ihre Ruhe haben. Sogar von Paul. Auch wenn sie sich eingestehen musste, dass der unbekannte Feigling damit sein Ziel erreicht hatte.

Sei's drum, sagte sie sich. Man muss auch mal zurückstecken können.

Am Ende der Stunde lagen auf dem Pult drei große Stapel mit Mappen. Zwei Schüler mussten helfen, sie ins Lehrerzimmer zu tragen. Denkt ja nicht, dass ich vor Weihnachten mit diesem Berg fertig werde«, ließ Frau Holze-Stöcklein vorsichtshalber verlauten.

Paul kam zu Franziska und fragte erstaunt: *»Schuld und Sühne*? Ich dachte . . .«

»Ich habe meine Meinung geändert«, sagte Franziska und konnte sich nicht verkneifen hinzuzufügen: »Tust du ja auch öfter.«

»Wie meinst du das?«

»Denk mal nach«, sagte Franziska. Sie kramte demonstrativ in ihrer Schultasche und Paul wandte sich ab.

48 »Sie haben ja gar keine Couch hier«, stellte Petra Gerres fest.

»Und Sie? Wo ist Ihre Knarre?«, entgegnete Dr. Jacobi.

»Ich wollte Sie nicht erschrecken.«

»Ich Sie auch nicht. Deswegen stehen die Couch und der Elektroschocker im Keller.«

Petra musste lachen. Der Psychiater grinste.

»Ach ja, die alten Vorurteile«, seufzte Dr. Jacobi. »Setzen wir uns.«

Sie ließen sich in die braunlederne Sitzgruppe sinken. Auf dem Tischchen davor standen Tassen, Gläser, eine Kanne Tee und zwei Flaschen Holunder-Bionade.

»Bedienen Sie sich.«

»Danke.« Petra schüttete etwas von dem roten Getränk in ein Glas.

»Wie kann ich Ihnen helfen, Frau Gerres?«

»Ich habe gehört, Ihr Spezialgebiet ist die Behandlung traumatisierter Menschen, insbesondere Jugendlicher.«

»Das ist richtig«, bestätigte Dr. Jacobi. Er war um die fünfzig, seine etwas nach hinten verrutschte Einstein-Mähne war verdächtig dunkelbraun. Anscheinend waren auch Psychiater nicht frei von Eitelkeit.

Petra schilderte ihm zunächst die Ereignisse und den Stand der Ermittlungen in den Fällen Katrin Pankau und Solveig Koller. Er hörte aufmerksam, und ohne sie zu unterbrechen, zu.

»Es geht um unseren Hauptverdächtigen. Paul Römer. Sie haben sicher Zeitung gelesen.«

»Ja. Schrecklich. Eine solche Hatz auf einen Jugendlichen, der noch nicht einmal überführt ist.«

»Das war nicht meine Idee«, erklärte Petra. »Manchmal kann

man sich eben nicht gegen höhere Mächte durchsetzen. Dieser Junge, Paul, hat vor zwei Jahren seinen Vater verloren. Bei dem Mann wurde ein Tumor im Gehirn festgestellt, und innerhalb von sechs Monaten ist er gestorben. Was ich von Ihnen gerne wissen möchte: Glauben Sie, dass ein solches Erlebnis einen jungen Menschen derart verändern kann, dass er danach seine Freundinnen umbringt?«

Dr. Jacobi schüttelte den Kopf. »Liebe Frau Gerres, was ist denn das für eine Frage? Sie erwarten da doch hoffentlich keine verbindliche Stellungnahme von mir. Was soll ich dazu sagen, ohne dass ich den jungen Mann kenne, oder die näheren Umstände.«

Petra nickte resigniert. »Das dachte ich mir beinahe. Aber wäre so etwas unter bestimmten Voraussetzungen überhaupt denkbar? Theoretisch«, fügte sie kleinlaut hinzu.

»Theorie?«, feixte der Psychiater. »Theorien können Sie haben. Selbstverständlich bleiben solche Erlebnisse nicht ohne Wirkung. Unser Gehirn ist zeitlebens plastisch wie eine Wachstafel. In der Kindheit und Jugend ist es besonders formbar. Nicht umsonst spricht man von ›Ein-drücken‹. Es sind Erfahrungen und Erlebnisse sowie unsere emotionalen und körperlichen Reaktionen darauf, die uns prägen. Das gilt übrigens auch für unseren Medienkonsum. Insbesondere für gewalttätige Computerspiele, die manche für so harmlos halten. Aber dies nur nebenbei bemerkt. Zurück zu Ihrem Fall: So ein sequenzielles, also ein andauerndes Trauma, welches das monatelange Sterben eines nahen Angehörigen ganz klar darstellt, bleibt ganz gewiss nicht ohne Folgen. Und wenn ein Trauma nicht verarbeitet wird, dann führt es ein Eigenleben.«

»Was heißt das?«, fragte Petra.

»Nun, die Symptome eines lang anhaltenden Traumas reichen

von Kontaktschwierigkeiten, Beziehungsstörungen, Bindungsunfähigkeit und Albträumen bis hin zu Angststörungen, Süchten aller Art, sexuellen Dysfunktionen, Depressionen, Suiziden oder selbstverletzendem Verhalten.«

»Ich verstehe.«

»War der Junge in therapeutischer Behandlung?«

»Das weiß ich nicht«, gestand Petra und notierte sich im Geist, das baldmöglichst zu prüfen.

»Wollten sich diese Mädchen denn von ihm trennen?«

»Nein, soweit man weiß, nicht. Die Erste soll er wohl sehr gemocht haben, mit der Zweiten hatte er gar keine feste Beziehung.«

»Hm«, machte der Psychiater. »Das ist seltsam. Infrage käme allerhöchstens eine extreme Form des selbstverletzenden Verhaltens. Er hat erlebt, wie ein Mensch, den er sehr liebte, langsam und für alle Beteiligten qualvoll dahinstarb. Um so etwas nicht noch einmal erleben zu müssen, könnte er auf den Gedanken kommen, Mädchen, in die er sich verliebt, lieber sofort umzubringen. Kurz und schmerzlos, wie der Volksmund sagt. Aber das ist, ich muss es zugeben, etwas weit hergeholt. Dagegen spricht auch die planvolle und hinterhältige Form des Tötens, besonders im ersten Fall, der Sache mit dem Draht. Und man muss sich fragen: Warum sollte der Junge seine traumatische Verlusterfahrung wiederholen, indem er erneut einen Menschen umbringt, der ihm nahesteht? Nach meinem Dafürhalten wäre die wahrscheinlichste Reaktion auf so ein Trauma die, dass der Junge entweder keine Beziehungen mehr eingeht oder in einer neuen Beziehung stark klammert.«

Petra nickte. Die Erklärungen des Psychiaters erschienen ihr nachvollziehbar.

»Ich befürchte, liebe Frau Gerres, ich kann Ihnen bei Ihren

Mordfällen nicht weiterhelfen. Die menschliche Psyche ist kompliziert, und ohne den Jungen zu kennen, möchte ich keinerlei Hypothese abgeben. Sonst wäre ich ja ein Scharlatan.«

»Trotzdem danke ich Ihnen.« Petra leerte ihr Glas und war im Begriff aufzustehen, als Dr. Jacobi sagte: »Sie sagten eingangs, der Junge hätte Geschwister?«

»Ja. Eine Schwester.«

»Ist sie jünger als Paul?«

»Ja, knapp zwei Jahre.«

»Demnach war sie zwölf oder dreizehn, als der Vater starb, nicht wahr?«

»Ja.«

»Mädchen hängen in diesem Alter sehr an ihren Vätern. Für sie war es sicher eine Katastrophe, den Vater auf diese Weise zu verlieren. Mehr noch als für Paul. Und nun dürfen Sie raten: Wer war wohl nach dem Tod des Vaters ihre wichtigste Bezugsperson?« Es war eine rhetorische Frage, Petra kam gar nicht erst zu Wort, denn schon fuhr Dr. Jacobi fort: »Nein, nicht etwa die Mutter. Mädchen dieses Alters haben häufig ein problematisches Verhältnis zur Mutter. Ihre neue Bezugsperson wird der noch verbliebene Mann im Haus, die kleinere Ausgabe des Vaters: der Bruder.«

»Verdammt, Sie haben recht.«

»Natürlich«, sagte Dr. Jacobi voller Überzeugung und fuhr sich durch seine Mähne.

Petra berichtete von der Sache mit dem gebrochenen Handgelenk.

»Da haben wir es. Paul hat seine Schwester beschützt, in ihren Augen sogar noch effektiver, als der Vater das getan hätte.«

»Und dann lernt der Bruder ein Mädchen kennen, mit dem er sehr viel Zeit verbringt . . . Sie meinen also . . .«

»Ich meine gar nichts«, wehrte Dr. Jacobi ab. »Ich spinne nur ein bisschen rum.«
»Ich danke Ihnen sehr«, sagte Petra und stand auf.

49

Als sich Franziska nach Ende der sechsten Stunde mit dem Fahrrad durch die Schülermenge schob, rief Oliver ihr hinterher:
»Franziska, warte doch mal!«
Sie blieb stehen.
»Es tut mir leid wegen neulich. Ich wollte Paul nicht schlechtmachen. Ich bin nicht etwa eifersüchtig oder so was. Na ja, höchstens ein bisschen«, gestand er und erprobte sein Ladykiller-Lächeln, das er sich im Lauf der vergangenen Monate zugelegt hatte.
»Ist schon gut«, sagte Franziska. Sie hatte heute nicht mehr die Kraft für Auseinandersetzungen und Oliver war trotz allem noch immer ihr alter Freund. In stummem Einverständnis schoben sie ihre Räder nebeneinanderher.
»Kann ich mich mal mit dir über Paul unterhalten, ohne dass du gleich wütend wirst?«, fragte er.
»Ich versuch's.«
»Ich habe dir das mit der Klapse nur erzählt, weil ich mir Sorgen um dich mache. Ich will dich nicht auch in einem Sarg liegen sehen.«
»Übertreib nicht.«
»Zwei Mädchen sind tot. Was gibt es da zu übertreiben?«
»Du redest wie meine Eltern.«

»Ja, ich kann mir schon denken, dass die nicht sonderlich begeistert sind von Paul.«
Franziska verdrehte nur die Augen.
»Weißt du, ich habe da so eine Theorie . . .«
»Was denn?«, fragte Franziska, da sie ohnehin nicht darum herumkommen würde, sie sich anzuhören.
»Vielleicht hat Paul es getan und weiß es gar nicht.«
»Wie meinst du das?«
»Schon mal was von Dr. Jekyll und Mr Hyde gehört?«
»Natürlich«, antwortete Franziska mit leiser Ungeduld.
»Ich rede von Schizophrenie. Das ist eine Geisteskrankheit.«
»Das weiß ich«, sagte Franziska unwirsch. Für wie blöd hielt er sie eigentlich?
»Vielleicht ist Paul ja so ein . . . Fall. Eine gespaltene Persönlichkeit. Es soll Schizos geben, die beherbergen eine ganze Fußballmannschaft an Charakteren in sich.«
»Tatsächlich?«, spöttelte Franziska. »Und die eine Person weiß nicht, was die andere tut?«
»Genau. Das sind am einen Tag die nettesten Kerle und am nächsten kennen sie dich nicht mehr. Weil sie dann wer anderer sind, verstehst du?«
»Du schaust zu viele Filme.«
»Es muss bei Paul ja nicht so sein. Aber es ist doch zumindest nicht ausgeschlossen, oder?«
Unweigerlich musste Franziska an Pauls ambivalentes Verhalten denken. Es war wirklich so, wie Oliver es beschrieb.
»Nein, ausschließen kann man das nicht«, räumte Franziska ein. »Aber es ist eine recht gewagte Theorie.«
Sie waren an der Kreuzung angekommen. Die Schülerscharen hatten sich inzwischen etwas verlaufen. Ehe sie sich auf die Räder schwangen, legte Oliver seine Hand auf ihren Arm und

sagte: »Franziska, wäre es möglich, dass du in nächster Zeit besser auf dich aufpasst? Ich komme auch gerne mit dir mit, wenn du mit dem Hund deiner Tante rausgehst. Ich meine das ehrlich, ganz ohne Hintergedanken. Du bist mein ältester Kumpel.«

Oliver schien ehrlich besorgt um sie. In seinem Blick lag eine Ernsthaftigkeit, die sie an ihm noch nicht kannte.

»Du bist auch mein ältester Kumpel«, sagte Franziska.

»Da ist noch was«, sagte Oliver und seine Augen blinzelten nervös.

»Noch eine Theorie?«, seufzte Franziska mit unterdrückter Ungeduld.

»Ich muss dir was gestehen.«

»Was denn?«

»Das neulich vor den Ferien . . . mit den Zeichnungen an der Klotür, du weißt schon. Das war ich.«

Franziska schwankte zwischen Empörung und Erleichterung. Zumindest das war geklärt.

»Wieso?«, fragte sie.

»Ach, ich war halt sauer auf den Typen und wie dem alle Weiber . . . äh, Mädchen nachgelaufen sind. Und dann du auch noch.«

»Woher hattest du den Lippenstift?«

»Der hat unter Utes Bank gelegen. Dadurch bin ich erst auf die saublöde Idee gekommen. Es tut mir leid, ehrlich.«

»Du bist ein Kindskopf«, stellte Franziska fest.

Oliver nickte zerknirscht und Franziska sah ihm streng in die Augen: »Sei jetzt bitte ehrlich. Hast du außer diesen Zeichnungen sonst noch was angestellt?«

»Was meinst du damit?«

»Irgendwas. Meinen Fahrradreifen zerstochen, zum Beispiel.«

Oliver schüttelte entsetzt den Kopf. »Nein, ich schwöre es. Das mit den Zeichnungen war alles. Wieso fragst du das?«
»Schon gut«, sagte Franziska.
Sie glaubte ihm. Die Zeichnungen passten nicht ins Schema der Mails und der anderen Aktionen. Die Lippenstift-Schmierereien waren kindisch, die anderen Dinge bedrohlich, zerstörerisch und bösartig.
»Ist schon vergessen.«
Er legte den Arm um sie und drückt sie kurz. »Ich weiß, ich kann manchmal ein ziemliches Arschloch sein.«
»Vielleicht bist du auch eine gespaltene Persönlichkeit«, wagte Franziska einen müden Scherz.
Aber Oliver sah sie noch immer eindringlich an. »Nicht ganz. Ich weiß es hinterher noch, wenn ich eines war.«

50 Später, in ihrem Zimmer, grübelte Franziska über das nach, was Oliver über Paul gesagt hatte. Noch ein erschreckender Gedanke kam ihr dabei: Und wenn es Paul war – oder ein Teil von Paul –, der ihr diese Streiche spielte? Sie versuchte, die Situationen zu rekonstruieren. Wann waren die Nachrichten gekommen? Die erste SMS war gekommen, nachdem sie Paul ihre Handy-Nummer mitgeteilt hatte. Die erste E-Mail, nachdem sie Paul die Adresse gegeben hatte. Als der Reifen zerstochen gewesen war, hatte er ganz in der Nähe gestanden und bereits gewartet. Und die tote Ratte? Nein, das konnte er nicht gewesen sein. Nach diesem Treffen hatte sie es eilig gehabt, nach Hause zu kommen. Es wäre unmöglich für Paul gewesen, vorher noch die Ratte vor die Tür zu legen. Aber war er nicht einige Minuten nach ihr zum Treffpunkt gekommen? Konnte jemand so krank sein, dass er ihr eine tote Ratte vor die Tür legte und danach zu einem Rendezvous mit ihr ging – und selbst nichts davon wusste? Nein, dachte Franziska, so durchgeknallt konnte doch gar niemand sein. Ihr schwirrte der Kopf. Sie musste raus. Sie würde Bruno zu einem Spaziergang abholen. Heute war es kühl, sie musste ja nicht unbedingt in den Wald mit ihm gehen.

Zu ihrer Überraschung war Tante Lydia zu Hause.

»Ich hatte die Nase voll. Ich habe ein paar Überstunden genommen. Hab vergessen, euch Bescheid zu sagen«, behauptete sie. Aber Franziska hatte den leisen Verdacht, dass Tante Lydia es darauf angelegt hatte, ihre Nichte allein zu sprechen. Nun, das kam ihr gerade recht.

»Wollen wir zusammen rausgehen? Zum Ententeich?«, schlug sie vor. Franziska nickte. Tante Lydia leinte Bruno an.

»Stimmt es, dass du Katrins Tod . . . sozusagen als Fall bearbeitest?«, fragte Franziska, als sie das kleine Gewässer erreicht hatten. Hochgewachsene Erlen spendeten angenehmen Schatten. Bruno musste an der Leine bleiben. Er scheuchte gerne Enten auf, was den Rentnern auf den Bänken und den Müttern, die mit ihren Kleinkindern die Tiere fütterten, sicherlich nicht gefallen hätte.

»Ja, das stimmt. Aber ich darf dir nichts über laufende Ermittlungen erzählen. Ich möchte dir nur eines sagen: Die Dinge sind manchmal anders, als sie scheinen. Dieser Paul ist ein gut aussehender, attraktiver Kerl. Ich kann verstehen, dass er dir gefällt. Aber er ist der Hauptverdächtige in zwei Mordfällen. Du musst verstehen, dass deine Eltern und ich . . .«

»Das ist schon klar. Ich sehe ihn nicht mehr außerhalb der Schule. Wenigstens vorerst«, unterbrach Franziska den Sermon.

»Wirklich?«
»Ja, versprochen.«
»Es freut mich, dass du so vernünftig bist.«
»Tante Lydia, kannst du mir einen Gefallen tun? Kannst du erstens rausfinden, ob es stimmt, dass Paul nach dem Tod seines Vaters mal in der Klapse war . . .«
»Das nennt man eine Psychiatrische Klinik«, unterbrach Lydia mit gespielter Strenge.
»Und zweitens würde mich interessieren, warum er da war.«
»Das kann ich mir denken. Aber *no way.*«
»Kannst du es nicht rauskriegen oder mir nicht sagen?«
»Natürlich kann ich rauskriegen, in welcher Klinik er wie lange war. Aber es gibt so etwas wie eine ärztliche Schweigepflicht.«
»Auch wenn es um Mord geht?«
»Noch ist keine Anklage gegen ihn erhoben worden. Er ist zwar verdächtig, aber noch ist er ein Bürger mit denselben Rechten wie du und ich.«
»Du sollst es ja nicht rumposaunen. Nur mir erzählen.«
Lydia Winterkorn tat einen tiefen Atemzug. »Stell dir vor, Franziska, eine Polizistin ginge zu deinem Frauenarzt. Der würde dein Krankenblatt raussuchen und würde erzählen, warum du beim letzten Mal dort warst, wie die Diagnose lautete und so weiter. Und die Polizistin erzählt das dann alles brühwarm ihrer Nichte, die mit dir in dieselbe Klasse geht . . .«
»Hab schon verstanden«, seufzte Franziska.
»Zumindest dir gegenüber dürfte ich kein Wort erwähnen. Ich käme sonst wirklich in Teufels Küche. Warum fragst du das?«
»Oliver Thate – du kennst ihn doch?«
»Klar kenn ich Klein Oliver«, sagte Lydia, die den Nachbarsjungen offenbar schon einige Jahre nicht mehr gesehen hatte.
»Oliver behauptet, dass Paul mal in der Klap. . . in der Psychiat-

rie gewesen sein soll. Ich wüsste gerne, ob es stimmt und wieso. Oliver hat die Theorie, dass Paul ein Schizo sein könnte, der Mädchen umbringt und danach nichts mehr davon weiß.«
»Er schaut wohl zu viele schlechte Filme, unser Oliver.«
»Das habe ich ihm auch gesagt. Aber inzwischen bin mir nicht mehr sicher, ob er nicht vielleicht doch recht hat«, gestand Franziska.
Lydia blieb stehen und betrachtete ihre Nichte mit inquisitorischem Blick. »Du hast mir noch nicht alles erzählt, oder?«
Franziska zögerte. Eine Ente schnatterte. Es klang wie höhnisches Gelächter.
»Pass auf: Du sagst mir alles, was du weißt, und ich gehe der Sache mit der ›Klapse‹, wie ihr es nennt, nach. Aber versprich mir, mit keinem Menschen darüber zu reden. Auch nicht mit Frauke. Meine kleine Schwester konnte noch nie ein Geheimnis bewahren. So eine Indiskretion kann mich meinen Job kosten, verstehst du?«
»Und du versprichst mir, das, was ich dir jetzt erzähle, auf keinen Fall meinen Eltern zu sagen«, verlangte Franziska.
»Ist gut.«
Nachdem das geklärt war, berichtete Franziska von den Drohungen und Beleidigungen per Mail und Telefon, von dem kaputten Fahrradreifen, der toten Ratte, dem Eindringling und der verschwundenen Hausarbeit. Noch während sie redete, merkte Franziska, wie sehr es sie erleichterte, nicht mehr alles allein mit sich ausmachen zu müssen.
»Du lieber Himmel. Das ist ja Stalking in seiner schlimmsten Form«, empörte sich Lydia voller Entsetzen.
»Aber jetzt müsste ja Ruhe sein. Ich treffe mich vorerst nicht mehr mit Paul. Nicht wegen der Streiche, sondern weil er oft so launisch zu mir ist.«

»Oder es wird noch schlimmer«, meinte Lydia skeptisch.

»Wieso?«

»Nun, wenn er hinter diesem Terror steckt, dann weiß man nicht, wie er diese Zurückweisung aufnimmt. Hast du die Mails noch und die SMS?«

»Ja.«

»Vielleicht kann der kriminaltechnische Dienst rauskriegen, woher sie stammen.«

»Aber dann müssen wir es Mama sagen und dann sperren meine Eltern mich ein oder verpassen mir einen Leibwächter.«

»Wieso müssen wir es sagen? Du kannst mir doch dezent deine Festplatte und die Karte vom Handy für ein paar Tage überlassen.«

»Hm«, machte Franziska. Warum zögerte sie? Hatte sie Angst vor dem, was die Polizei herausfinden könnte? War es ihr lieber, mit der Ungewissheit zu leben als mit einer gefürchteten Wahrheit?

Auch Tante Lydia schien zu überlegen. »Machen wir es so: Ich werde ganz vorsichtig einige Erkundigungen einholen, dann sehen wir weiter. Und du gibst mir unbedingt Bescheid, wenn noch einmal etwas vorkommt: Beleidigungen, Drohungen, tote Tiere oder dergleichen, ja?«

Franziska nickte. »Danke. Bist ein prima Kumpel.«

»Die Familie muss zusammenhalten«, sagte Lydia. »Einzelkämpfer haben immer die geringeren Chancen.«

Franziska musste lächeln. Hatte sie nicht erst neulich so was Ähnliches gehört?

Für den Rest des Tages blieb alles ruhig und es kamen keine SMS oder E-Mails mehr. Franziska verkroch sich am Abend in ihr Zimmer und gab vor, lernen zu müssen. Sie forschte im In-

ternet zum Thema Schizophrenie, aber je länger sie darüber las, desto unglaublicher erschien ihr Olivers Theorie. Schizophrene litten zuweilen an Wahnvorstellungen, fühlten sich plötzlich von vertrauten Personen bedroht und wehrten sich. Passte die hinterhältige Art, wie Solveig und Katrin getötet worden waren, in dieses Bild? Verwirrter als vorher schaltete sie den Computer aus und nahm sich einen Roman vor. Aber die gedruckten Worte erreichten sie nicht. Unaufhörlich kreisten ihre Gedanken um die Geschehnisse der letzten Tage, um Paul. Ach, Paul . . . Dass es so wehtun konnte, hätte sie nicht vermutet. Ihr Ärger über sein gestriges Benehmen schmolz dahin. Vielleicht wollte er nur vor seiner Mutter und seiner Schwester so tun, als sei sie eine beliebige Klassenkameradin. Seine Gleichgültigkeit hatte nicht ihr gegolten, sondern Mutter und Schwester hinter den Fenstern. Hatte sie nicht auch versucht, ihren Eltern weiszumachen, sie ginge mit mehreren Leuten ins Kino? Man breitet doch nicht schon am Anfang einer Beziehung sein ganzes Gefühlsspektrum vor den Eltern aus. Auch Katrins Devise hatte stets gelautet: »Die müssen nicht alles wissen.« Was, wenn Paul einfach nur ähnlich dachte? Wenn er jetzt anriefe . . . Vielleicht sollte sie offen mit ihm über alles sprechen. Vielleicht hatte er eine Ahnung, wer hinter all dem steckte.
Aber Paul meldete sich nicht und Franziska wagte nicht, ihn anzurufen, aus Furcht, wieder so kühl abgewiesen zu werden. Gegen Mitternacht löschte sie das Licht.
Sollte sie diese Nacht das Fenster wieder gekippt lassen? Nein, besser nicht. Man wusste nicht, wie der Eindringling hereingekommen war. Vielleicht doch durch ein Fenster. Und wenn er noch immer den Schlüssel besaß, vielleicht einen nachgemachten? Ja, sie hatte Angst. Ein Fremder war hier eingedrungen und würde es vielleicht wieder tun. Ob sie wohl jemals wieder

beruhigt schlafen konnte? Sie stand auf und drehte den Schlüssel in ihrem Türschloss herum. Dann ging sie zum Fenster und machte es noch einmal weit auf. Ein angenehm kühler Wind wehte herein. Es würde ein Gewitter geben. Sie nahm ein paar tiefe Atemzüge und schaute dabei hinaus. Unter ihr lag der Garten, der um diese Zeit dunkel und geheimnisvoll wirkte. Die Steinfiguren am Teich waren böse Kobolde, der morsche Birnbaum streckte seine Äste wie flehende Arme in den bleiernen Nachthimmel. In der Ferne zuckten Blitze. Der Wind frischte auf, Blätter raschelten wie seidene Unterröcke. Dann erstarrte Franziska vor Schreck.

Die Gestalt stand nah beim Zaun, zwischen dem Apfelbaum und den Hibiskussträuchern. Ein regloser Schatten vor dem schwachen Licht einer weiter entfernt stehenden Straßenlaterne. Eine schlanke, menschliche Silhouette. Nur der Kopf war unförmig wie von einer Kapuze umhüllt.

Plötzlich waren Schrecken und Angst weg und sie empfand nur noch Wut. Einen rasenden Zorn. Sie würde dem ganzen verdammten Spuk ein Ende machen, und zwar jetzt, sofort. Sie wich langsam zurück und eilte geduckt zur Tür. Verdammt, sie hatte ja abgeschlossen. Hastig drehte sie den Schlüssel um, polterte die Treppen hinab und betrat das dunkle Wohnzimmer. Im Vorbeigehen griff sie nach dem Schürhaken neben dem Kamin. Sie öffnete die Terrassentür und stürmte mit erhobener Waffe durch den Garten auf die Stelle zu, an der sie die Gestalt gesehen hatte.

»Wer ist da?«, rief sie mit fester Stimme. »Bleib stehen!«

Da war niemand. Hatte sie sich getäuscht? Nein, sie hatte ganz bestimmt eine menschliche Gestalt da unten stehen sehen. Sie war schließlich nicht verrückt. Sie durchstreifte den Garten und brüllte dabei: »Los, zeig dich! Ich hab keine Angst vor dir, du Feigling. Raus mit dir, hier bin ich!« Dazu schwang sie den eisernen Schürhaken. Auf diese Weise umrundete sie einmal das Haus, ohne dass sich irgendwer aus der Deckung gewagt hätte.

»Franziska! Was ist los? Was machst du da?« Ihr Vater stand auf der Terrasse.

»Ich hatte vom Fenster aus was gesehen und gedacht, dass da einer im Garten steht«, sagte Franziska. Sie kam näher, ihr Atem ging rasch. Sie war barfuß und trug nur ein T-Shirt und eine Unterhose.

»Wer sollte mitten in der Nacht in unserem Garten stehen?«

»Was weiß ich? Ein Einbrecher? Ein Spanner? Aber ich muss mich wohl geirrt haben. Oder ich habe ihn vertrieben.«

»Laut genug warst du ja. Wahrscheinlich ist jetzt die ganze Nachbarschaft wach. Gib das her.« Er nahm ihr den Schürhaken ab und starrte erst ihn, dann Franziska kopfschüttelnd an. »Wolltest du damit auf jemanden losgehen? Noch dazu in Unterhosen?«, fragte er ungläubig.

»Sollte ich mich erst schick machen?«, entgegnete Franziska.

»Warum hast du uns nicht geweckt? Stell dir vor, wenn da wirklich einer gewesen wäre? Hattest du denn gar keine Angst? Du bist schließlich nicht Rambo. Für so was gibt es die Polizei!«, regte sich ihr Vater auf, aber Franziska bemerkte, wie er sich trotz allem ein Grinsen verkniff.

Der Wind wurde böig. Wieder zuckte ein Blitz durch die Nacht, aber dieses Mal schon viel näher.

»Geh rein. Ich schau mich vorsichtshalber noch mal um«, sagte er. »Ganovenjagd ist nichts für kleine Mädchen.«

Wieder in ihrem Zimmer, machte Franziska das Fenster zu und schloss erneut die Tür ab. Es würde eine weitere schlaflose Nacht voller Angst werden, dachte sie. Aber ihre Erschöpfung war so groß, dass sie nahezu sofort einschlief und nicht einmal das Gewitter hörte, das eine halbe Stunde später die Wände zittern ließ.

51

Die Hitze war vorbei. Der erste Herbsttag, registrierte Franziska, als sie am Morgen aus der Haustür trat. Die Welt wirkte wie frisch gewaschen. Auch sie selbst fühlte sich frisch und bereit, die anstehenden Probleme in Angriff zu nehmen. Entschlossen ging sie in der Pause auf Paul zu und sagte: »Paul, ich denke, wir sollten miteinander reden.«

»Ja«, sagte er und wirkte erleichtert. »Aber nicht hier und jetzt.«

»Nein. Heute Nachmittag«, sagte Franziska bestimmt.

»Wollen wir uns am Hochsitz treffen?«

Franziska erinnerte sich an die Warnungen ihrer Eltern und Olivers. Aber das war natürlich Unsinn. Oder doch nicht?

»Wie wär's im Eiscafé?«, fragte Franziska.

»Hm. Meinetwegen«, sagte Paul nach kurzem Zögern. »Vier Uhr?«

»Einverstanden.«

Na also. Den Rest des Vormittages fühlte sich Franziska so gut wie lange nicht. Auf dem Heimweg summte sie leise vor sich hin. Die Luft war klar, der Himmel tiefblau und es wehte ein frischer Wind von Norden. Sosehr sie den Sommer mochte, jetzt freute sie sich auf Spaziergänge mit Bruno durch buntes Herbstlaub, auf dicke Pullover und den ersten Schnee. Vielleicht könnte sie mit Paul mal rodeln gehen? In derlei Träumereien vertieft, ließ Franziska das Rad den Berg hinunterlaufen, den sie jeden Morgen ächzend hinauffuhr. Sie genoss die Kühle im Gesicht, der Fahrtwind trieb ihr Tränen in die Augenwinkel. Schade, da unten war schon die Hauptstraße, sie musste bremsen. Sie zog die Bremse für das hintere Rad, doch es tat sich nichts. Sie zog fester. Nichts. Nur noch wenige Meter bis zur Straße, auf der Auto an Auto fuhr. Erschrocken betätigte Franziska beide Bremshebel. Das Rad sauste mit unverminderter Geschwindigkeit weiter den Berg hinunter. Kurz vor der Straße steuerte sie gegen den Randstein, spürte augenblicklich, wie es sie aus dem Sattel hob, sie streckte die Hände ins Nichts und hörte eine grelle Autohupe. Dann gab es einen Schlag und es wurde Nacht.

52

»Volker Baumann hier. Ich habe Neuigkeiten.«
»Einen Moment«, sagte Petra. Sie hatte den Anruf auf ihrem privaten Handy entgegengenommen, was den Vorteil hatte, dass sie nun auf den Flur hinausgehen konnte. Nicht, dass sie Daniel Rosenkranz Ermittlungsergebnisse vorenthalten wollte – aber vielleicht würde das Gespräch ja noch eine Wendung nehmen, die ihn einen Feuchten anging.
»Ich höre«, sagte sie, während sie sich vor dem Aufzug zwischen den Hydrokulturen herumdrückte.
»Ich bin deiner Bitte nachgekommen, mal dezent Paul Römers Krankengeschichte zu überprüfen.«
Eigentlich war es die Bitte von Staatsanwältin Winterkorn gewesen, die Petra gleichzeitig um Diskretion in der Sache gebeten hatte. Aber Oberkommissarin Petra Gerres war schließlich nicht auf den Kopf gefallen: Längst wusste sie um Staatsanwältin Lydia Winterkorns Familienverhältnisse und sie erinnerte

sich, wie verlegen Franziska Saalberg bei der Befragung geworden war, als der Name Paul Römer fiel. Also tat sie der besorgten Tante den Gefallen – zumal das Anliegen der Staatsanwältin auch das ihre war. Der Einfachheit halber hatte sie den Braunschweiger Kollegen um seine Hilfe gebeten.

»Ja?«

»Paul Römer war tatsächlich vor zwei Jahren, nach dem Tod seines Vaters, in den Städtischen Kliniken Braunschweig in der Psychiatrischen Abteilung als Patient gemeldet. Das erste Mal für zwei Wochen, danach erfolgte eine ambulante Behandlung über circa ein halbes Jahr.«

»Und weswegen?«, fragte Petra, und machte sich schon mal darauf gefasst, dass die Wissbegierde des Braunschweiger Hauptkommissars an der Klippe der ärztlichen Schweigepflicht zerschellt war. Doch sie hatte ihn unterschätzt.

»Wegen Depressionen und Suizidgefahr.«

»Keine Schizophrenie oder so was Ähnliches?«

»Nicht die Spur.«

»Donnerwetter. Wie hast du das so schnell rausgekriegt?«, fragte Petra neugierig.

»Alte Beziehungen«, antwortete er knapp und Petra zog es vor, in diesem trüben Sumpf nicht weiterzustochern.

»Danke. Das war super.«

»Keine Ursache.«

»Schon was Neues aus der Taucher-Szene?«, fragte Petra.

»Noch nicht. Aber wir arbeiten dran«, antwortete Volker Baumann. »Und bei dir?«

Petra gab das Gespräch mit dem Psychiater Dr. Jacobi in groben Zügen wieder und schloss die Frage an: »Wo war Pauls Schwester, als Solveig Koller verunglückte? In der Akte steht nur, dass sie zu Hause war und angeblich Musik aus Pauls Zimmer gehört hat. Hat Paul was darüber gesagt? Oder die Mutter? In der Akte findet sich nichts darüber.«

»Ich weiß, was in den Akten steht«, antwortete Baumann knapp. »Aber ich werde noch einmal mit dem Kollegen reden, der sie damals befragt hat.«

»Ich schlage vor, dass wir die ganze Sippschaft noch einmal vorladen«, meinte Petra voller Eifer. »Du und dein Kollege, ihr solltet dabei sein. Und die Staatsanwältin auch. Wir müssen denen so lange einheizen, bis einer einknickt. Und wenn sie mit zehn Anwälten anrücken!« Petra hatte sich in Rage geredet.

»Immer mit der Ruhe«, mahnte Volker Baumann.

»Ruhe? Soll ich warten, bis noch ein Mädchen dran glauben muss?« Ungewollt war Petra etwas laut und schrill geworden. Die Ermittlungen, die sich hinzogen wie Kaugummi, zerrten an ihren Nerven.

»Noch haben wir einfach zu wenig in der Hand«, gab Baumann zu bedenken. »Habt ihr überprüft, wo Alexandra Römer in der Nacht war, als Katrin ertrank?«

»Nein«, gestand Petra. »Aber beim Zelten war Alexandra Römer nicht dabei. Das ist nur was für die Oberstufenklassen.«

»Fahren öffentliche Verkehrsmittel zu diesem See?«, fragte Baumann.

»Die Straßenbahn fährt bis Garbsen. Und ich denke, es fährt ein Bus bis in die Nähe . . . Verdammt, ich hätte das längst checken sollen«, bekannte Petra, ärgerlich auf sich selbst. Baumann hatte recht. Sie sollte zuerst ihre Hausaufgaben machen, sonst war die nächste Blamage vorprogrammiert.

»Wie sieht es mit einer Hausdurchsuchung aus?«, fragte er.

»Bis jetzt hat die Winterkorn beim Richter nichts erreicht. Und das will was heißen, denn sie ist persönlich hinter der Sache her.«

»Inwiefern?«
»Ihre Nichte ist in Pauls Jahrgang und scheint in ihn verknallt zu sein.«
»Oje.«
»Du sagst es.«

53

»Atmet Sie?«
»Ich glaube schon.«
»Seitenlage, sie muss in die stabile Seitenlage gebracht werden.«
»Ich dreh sie nicht um! Wenn nachher was ist . . .«
»Ich hab's gesehen. Sie ist regelrecht über das Auto weggeflogen.«
»Ist denn kein Arzt hier?«
»Der Rettungsdienst ist schon verständigt.«
»Wieso kommt der dann nicht?«
»Mein Gott, ich war hinter ihr und habe mir noch gedacht, wieso bremst die denn nicht, so kurz vor der Straße!«
»Sie war plötzlich vor dem Auto, ich bin doch gar nicht schnell gefahren, ich habe doch noch gebremst, aber dann . . .«
Eine Traube von ratlosen und neugierigen Menschen hatte sich um die Unglücksstelle gebildet: Der Autofahrer, ein Nervenbündel, tigerte verzweifelt auf und ab, etliche Schüler standen da, die Hände um die Fahrradlenker gekrampft.
»Na, endlich!«
Man hörte die Sirene nahen. Jemand hatte Franziska eine Jacke unter den Kopf gelegt. Ihr Haar war blutig. Eine Frau kniete neben ihr und tupfte hilflos an ihrer Stirn herum.

»Da kommt der Notarzt.«
»Und die Polizei.«
»Wird auch Zeit.«
Man atmete auf.
»Bitte, meine Herrschaften, machen Sie Platz!«
Murmelnd wich die Menge zurück und sah den Profis bei der Arbeit zu. Als sich die Türen des Rettungswagens hinter dem Unfallopfer schlossen, gingen die meisten Schaulustigen wieder ihrer Wege. Ein hartnäckiger Rest blieb da und beobachtete, wie Polizisten maßen, fotografierten, Personalien von Zeugen aufnahmen und sich Notizen machten. Das Fahrrad verschwand im Kofferraum des blau-weißen Fahrzeugs. Dann war auch das vorbei und die Menschen gingen nach Hause oder zurück zur Arbeit. Den meisten stand der Schrecken noch ins Gesicht geschrieben. Nur ein Gesicht lächelte.

54

Lydia Winterkorn machte zum ersten Mal seit langer Zeit wieder vom Notschlüssel ihrer Schwester Frauke Gebrauch. »Der Schlüssel steckt jetzt im Vogelhäuschen, das im Apfelbaum hängt«, hatte ihr Frauke mitgeteilt. Tatsächlich fand sie ihn dort und betrat das Haus. Die Spätnachmittagssonne fiel schräg durch das Küchenfenster, das, wie so manches im Haus, mal wieder einen Lappen vertragen hätte. Aber Frauke war noch nie ein Putzteufel gewesen, dachte Lydia mit einem Lächeln. Das kleine Haus strahlte eine lebendige Gemütlichkeit aus. Vielleicht gerade deswegen, dachte Lydia. Zorn wallte plötzlich in ihr auf. Sie würde nicht dulden, dass jemand das Leben ihrer Nichte zerstörte. Wer immer für das, was bereits ge-

schehen war, verantwortlich war – jetzt bekam es derjenige mit ihr zu tun! Kampflustig stieg sie die Treppe hinauf.
Für ein Mädchenzimmer sah Franziskas Zimmer unter dem Dach recht nüchtern aus. Keine Star-Poster, keine Diddl-Mäuse, wenig Stofftiere. Ein Hundekalender hing an der Wand und zwei Bilder von Landschaften am Meer. Aber es war ja auch wenig Platz an den Wänden, denn zwei davon wurden komplett von Bücherregalen eingenommen. Seit das Kind lesen konnte, standen Bücher zu Weihnachten und zu Geburtstagen obenan auf Franziskas Wunschlisten. Ihre Nichte war ein angenehmes, kluges, vernünftiges Mädchen, nur leider nicht vernünftig genug, um beim Fahrradfahren einen Helm zu tragen. Aber wenn Lydia ehrlich sein sollte – sie selbst tat das auch nicht.
Sie hielt sich nicht lange auf. Sie stöpselte den Computer ab und klemmte ihn sich unter den Arm. Das Handy ihrer Nichte befand sich bereits in ihrer Handtasche, sie hatte es im Krankenhaus aus Franziskas Schultasche genommen. Ihre Schwester und ihr Schwager waren noch in der Klinik, obwohl ihnen der Arzt zugesichert hatte, dass sie momentan nichts tun konnten. Es war Lydia ganz recht, dass man Franziska nicht alleine ließ. Ein Krankenhaus war kein wirklich sicherer Ort, wenn einem jemand ans Leder wollte.
Sie legte den PC in den Kofferraum ihres Wagens und fuhr damit zurück in die Stadt. Oberkommissarin Petra Gerres war, wie verabredet, noch in ihrem Büro.
»Wie geht es ihr?«, fragte sie grußlos.
»Gehirnerschütterung. Wundersamerweise hat sie sich nichts gebrochen und nur ein paar Prellungen und Schürfwunden abbekommen.«
Petra lächelte erleichtert. Sie hatte, kurz nachdem sie von

Staatsanwältin Winterkorn über den Unfall informiert worden war, mit dem Krankenhaus telefoniert, aber da waren die Angaben zu Franziska Saalbergs Gesundheitszustand noch recht vage gewesen.

»Hier ist er.« Lydia hievte den PC auf Petras Schreibtisch. »Wäre schön, wenn man ihn so rasch wie möglich untersuchen könnte.«

»Hat sie ein Passwort?«

»Soweit ich weiß, nicht.«

»Wie viele solcher Botschaften sind da drauf?«, fragte Petra.

»Zwei oder drei. Und hier ist das Handy.« Lydia legte das Mobiltelefon auf den Tisch und sagte: »Ja, ja. Ich weiß, was Sie mich fragen wollen. Sie haben ja recht, wenn sie mich so vorwurfsvoll ansehen. Aber ich schwöre Ihnen, ich weiß von diesen Geschichten selbst erst seit gestern.«

»Der Unfall war ein Mordanschlag«, sagte Petra.

»Weiß man das schon sicher?« Man sah der Staatsanwältin an, dass diese Mitteilung keine Überraschung für sie war.

»Beide Bremskabel waren durchgezwickt. Um das zu erkennen, braucht es keinen Experten.«

Beide Frauen schwiegen für einen Moment, dann sagte Lydia: »Ich sehe da deutliche Parallelen zum Fall Solveig Koller.«

»Ich auch«, antwortete Petra knapp. Ihre Faust sauste auf den Schreibtisch. »Verdammt! Das Rad stand während des ganzen Vormittags auf dem Fahrradparkplatz vor der Schule. Es könnte quasi jeder gewesen sein. Morgen werden die Kollegen und ich jede Menge Schüler befragen, ob ihnen jemand aufgefallen ist, der sich an den Rädern zu schaffen gemacht hat. Insbesondere Paul oder seine Schwester. Aber ich kann mir fast schon denken, wie das wieder ausgehen wird.«

»Vielleicht bringt uns die Untersuchung des Computers ja weiter. Falls die Mails vom Anschluss der Römers geschickt wurden, dann ist eine Hausdurchsuchung fällig. Und ich werde persönlich dabei sein!« Lydia schickte sich an, das Büro zu verlassen. Der arme Bruno wartete seit Stunden auf seinen Spaziergang.

»Warten Sie, ich komme mit.« Petra stand auf, steckte Franziskas Handy in die Tasche und klemmte sich den Rechner unter den Arm. Als sie den Flur entlanggingen, sagte sie: »Ihre Nichte hat ein Wahnsinnsglück gehabt. Ich habe mit den Kollegen von der Streife gesprochen, die am Unfallort waren. Sie ist nach Zeugenaussagen über das Dach des Wagens, der sie angefahren hat, geflogen, aber zum Glück nicht auf die Straße, sondern weiter, auf den schmalen Grünstreifen zwischen den beiden Fahrbahnen.«

»Was meinen Sie, sollten wir sie in der Klinik bewachen lassen?«, fragte Lydia.

Petra schüttelte den Kopf. »Ich glaube, dort ist sie erst mal sicher. Problematischer wird es, wenn sie wieder rauskommt.«

55

Ein riesiger Strauß aus selbst gepflückten Blumen schob sich durch die Tür. Dahinter tauchte das blasse Gesicht von Paul auf.

Franziska saß aufrecht im Bett, dessen Lehne man hochgestellt hatte. Sie lächelte.

»Du«, sagte sie. Ihre Stimme klang brüchig wie alter Zwieback. Paul legte die Blumen auf das freie Bett neben Franziskas, das mit einer Plastikfolie überzogen auf den nächsten Patienten wartete.

»Hab ich dir im Wald gepflückt. Auf der Wiese unterhalb vom Hochsitz.«
»Danke.«
»Noch böse mit mir?«
Franziska schüttelte den Kopf, was sie sofort bereute. »Ah!«
»Was ist?«
»Kopfschmerzen. Ich kann mich nicht schnell bewegen, ich kann nur ein paar Minuten lesen, auch Fernsehen soll ich nicht, ich komme um vor Langeweile! Und ich finde es nicht okay, dass du mich so siehst.« Sie deutete auf ihre linke Gesichtshälfte, die noch immer leicht angeschwollen und aufgeschürft war.
Paul zog sich einen Stuhl heran und drückte ihr die Hand. »Das wird doch wieder, das mit den Kopfschmerzen?«, fragte er besorgt.
»Schon, ja. In drei Tagen darf ich nach Hause. Wenn ich mich schone, heißt es. In die Schule darf ich frühestens in einer Woche.«
Die Tür ging auf, eine Schwester platzte ins Zimmer. »Oh, die Dame hat Herrenbesuch. Und was für schöne Blumen. Soll ich denen mal Wasser geben, ehe sie hier verdursten?«
»Ja, danke«, sagte Franziska.
»Warum hast du mir nichts gesagt von den E-Mails und der SMS?«, fragte Paul, als die Schwester wieder draußen war.
»Ach, zuerst war es ja nicht so schlimm. Erst, als jemand in meinem Zimmer war und nachts im Garten, da hab ich Angst gekriegt. Die Polizei sagt, die Bremsen an meinem Rad waren manipuliert. Wer macht so was, Paul?«
Er hob die Schultern, sein Blick ging ins Leere.
»Woher weißt du das überhaupt, das mit den E-Mails und so?«
»Die Polizei. Sie haben mich und Alex wieder vernommen. Sie

denken jetzt, Alex war's. Aber das ist kompletter Unsinn! Glaubst du mir das?«
»Mhm.«
»Das klingt nicht gerade sehr überzeugt«, sagte Paul mit gerunzelter Stirn.
»Was verlangst du von mir? Ich kenne sie doch kaum. Die paar Mal, die ich mit ihr gesprochen habe, war sie entweder überfreundlich oder sehr muffelig. Vielleicht will sie ihren großen Bruder um keinen Preis der Welt verlieren.«
Paul nickte betrübt. »Glaubst du mir wenigstens, dass ich es nicht war?«, fragte er nach einer Weile leise.
»Ja«, sagte Franziska und dann: »Ich bin müde.«
»Ich geh schon. Es ist wohl besser, wir sehen uns eine Weile nicht.«
Franziska nickte kaum wahrnehmbar. »Im Moment ist mir alles ein bisschen zu viel. Es tut mir leid.«
»Das muss es nicht.«
Er stand auf und beugte sich über sie. Ein letzter Kuss?
Dazu kam es nicht, die Krankenschwester rauschte herein und platzierte den Blumenstrauß, der in einer scheußlichen Vase steckte, auf dem Nachttisch. »So ein liebevoll gepflückter Strauß ist doch viel schöner als ein gekaufter«, flötete sie dabei.
Paul richtete sich auf und durchquerte rasch das Zimmer.
»Mach's gut«, sagte er unter der Tür.
»Du auch«, flüsterte Franziska. Kaum hatte sich die Tür hinter ihm geschlossen, schossen ihr die Tränen aus den Augen.

56 Die Tage zu Hause waren angenehmer als die Zeit in der Klinik. Länger als eine Stunde konnte Franziska zwar immer noch nicht lesen, dann begannen die Buchstaben vor ihren Augen zu tanzen, doch Frauke Saalberg hatte ihr einen Schwung Hörbücher besorgt. Die Stimmen lullten sie ein, und oft döste sie mit aufgesetztem Kopfhörer vor sich hin.

Tante Lydia brachte ihr den PC zurück.

»Nichts gefunden. Die E-Mails kamen von einem Internet-Café und die SMS von einem Kartenhandy mit Fantasieadresse. Wer immer das war, kennt sich sehr gut aus.«

»Ach, das weiß doch jedes Kind, dass man auf dem eigenen PC Spuren hinterlässt, auch wenn man die Sachen löscht«, widersprach Franziska. »Dazu muss man nicht besonders clever sein, man muss nur ein paar Krimiserien im Fernsehen anschauen.«

»Irgendwelche Vorfälle dieser Tage?«, erkundigte sich Lydia.

»Nein«, antwortete Franziska und wollte wissen: »Waren fremde Fingerabdrücke am Rad?«

»Du denkst wohl an alles, was?«, lachte Lydia. »Nein, keine Fingerabdrücke. Nichts.«

Von: <Franziska.Saalberg@t-online.de>

An: < PaulderRömer@gmx.de>

Lieber Paul,

wie geht es dir? Danke, dass du mich im Krankenhaus besucht hast. Ich bin seit einer Woche wieder zu Hause und es geht mir recht gut. Am Montag werde ich wieder zur Schule gehen.

Ich wollte dir nur sagen, dass mein momentanes Sich-Zurückziehen nichts mit den Verdächtigungen der Polizei zu tun hat und auch nichts mit dem Artikel in der Bildzeitung. Ich war einfach nur geschockt von den Dingen, die geschehen sind, und brauchte etwas

Zeit zum Luftholen. Aber jetzt, wo es mir wieder gut geht, vermisse ich dich ganz schrecklich. Du bist anders als die anderen Jungs, nicht so albern. Ich habe dich sehr lieb. Das wollte ich dir nur mitteilen.
Deine Franziska

57 Lichter spiegelten sich auf dem Wasser, von irgendwoher kam leise Tangomusik. Petra stocherte auf ihrem Teller herum, während ihr Gegenüber an seinem Steak sägte.
»Keinen Hunger?«, fragte Volker Baumann.
»Doch, schon«, sagte Petra und überwand sich zu einem Sträußchen Feldsalat. »Mir geht unser Fall nicht aus dem Kopf.«
Er seufzte. »Werden wir bis in alle Zeiten nur über Verbrechen reden? Irgendwie habe ich mir unser erstes Rendezvous in Hannover anders vorgestellt. He, es ist Freitagabend, das Wochenende steht vor der Tür!«
»Tut mir leid. Ich werde mich bessern.«
Ein lauer Wind kam vom See her und zupfte zart an den weißen Tischtüchern. Das Windlicht flackerte.
»Es ist schön hier«, sagte Petra. »Ich war noch nie hier essen, der Laden war mir immer zu teuer. Ich hatte nur einmal eine Festnahme, drinnen, im Lokal. Ging um Drogen, wenn ich mich recht erinnere.«
»Ach, Petra, du bist so romantisch!«
»'tschuldige!«
»Worüber würdest du dich mit mir unterhalten, wenn ich . . . sagen wir . . . Frisör wäre.«
»Frisör?«
»Oder Metzger.«

»Ich säße nicht mit dir hier am Maschsee, wenn du Frisör oder Metzger wärst.«
»Warum nicht?«
»Vergiss es.«
»Gut, reden wir über den Fall.«
»Das ist ja das Schlimme. Es gibt nichts zu reden. Die Staatsanwältin hat Himmel und Hölle in Bewegung gesetzt und beim Richter einen Durchsuchungsbeschluss erwirkt. Aber die Hausdurchsuchung kam viel zu spät, sodass wir natürlich nichts, aber auch gar nichts Verdächtiges gefunden haben. Der Computer ist clean, das Telefon auch. Es fand sich auch kein Taucheranzug im Keller ... Das alles kotzt mich an. Verzeihung!«
»Schon gut.«
»Am liebsten hätte ich eine Personenüberwachung für die kleine Saalberg, aber Lamprecht hat abgelehnt. Personalmangel. Weiß ich ja auch. Seit einer Woche ist sie wieder aus dem Krankenhaus raus und ich habe ständig dieses ungute Gefühl.«
Petra nahm einen Schluck Rotwein. »Ich kann nur hoffen, dass Franziska klug genug ist, sich von diesem Paul fernzuhalten.«

58

Paul saß vor seinem Computer und spielte lustlos ein Fantasy-Spiel. Seit Tagen schaute er immer wieder voller Erwartung in sein Postfach. Wenn sie mich schon nicht sehen kann und darf, dachte er, könnte sie ja wenigstens mal eine E-Mail schicken.
Erneut unterbrach er seinen Kampf gegen die Orks, um sein Postfach zu checken. *Keine neuen Nachrichten.* Gut, dann lese

ich halt ein paar alte, dachte Paul voller Galgenhumor. Er hatte Franziskas Mails in einem versteckten Postfach verwahrt, obwohl an ihnen nichts war, was man hätte verbergen müssen. Er klickte den Ordner an. Was war das? Er war in der Zeile verrutscht, das war der Ordner *Gesendete Nachrichten*. Lieber Himmel, hier sollte man öfter mal aufräumen. Er schritt zur Tat und löschte einen ganzen Schwung. Plötzlich wurde er stutzig. Da war eine Mail von ihm an Franziska:

Von: <PaulderRömer@gmx.de>
An: <Franziska.Saalberg@t-online.de>
Liebe Franziska,
ich bin so froh über deine Mail! Auch ich halte es nicht mehr aus, ich muss dich sehen, und zwar nicht nur in der Schule. Aber ich möchte nicht, dass du Schwierigkeiten mit deinen Eltern bekommst. Meinst du, du kannst heute Nacht so gegen zwölf Uhr am Hochsitz sein? Ich warte auf dich.
In Liebe, Paul!

Sie war die Antwort auf eine Nachricht von Franziska, die heute um 18:52 Uhr angekommen war:

Von: <Franziska.Saalberg@t-online.de>
An: < PaulderRömer@gmx.de>
Lieber Paul,
wie geht es dir? Danke, dass du mich im Krankenhaus besucht hast. Ich bin seit einer Woche wieder zu Hause und es geht mir recht gut. Am Montag werde ich wieder zur Schule gehen.
Ich wollte dir nur sagen ...

Paul stockte der Atem. »Seine« Antwort auf Franziskas Nachricht war vor zwei Stunden, um 21:28 Uhr, abgeschickt worden. Zu dieser Zeit war er noch im Karatetraining gewesen.

59

Es war kein Problem gewesen, sich von zu Hause wegzuschleichen. Ihr Vater schlief ohnehin jeden Abend um zehn vor dem Fernseher ein, ihre Mutter sah dann Krimis oder las. Sie verließ das Haus auf den leisen Sohlen ihrer Sneakers durch den Kellereingang. Nicht einmal Bruno, der im Wohnzimmer auf dem Teppich lag und döste, bekam davon etwas mit.

Sie schnappte sich das Rad ihrer Mutter, da ihres zur Reparatur war. Die Taschenlampe klemmte sie in den Gepäckträger. Vorsichtshalber testete sie nach wenigen Metern die Bremsen. Alles in Ordnung. Ohne Licht fuhr sie los, die Straßenlaternen waren hell genug, außerdem schien der Mond. Bald würde Vollmond sein. Es war schon halb zwölf, sie beeilte sich.

Erst, als sie den Waldrand erreichte, drückte sie den Dynamo herunter. Sie musste aufpassen, der Weg hatte zahlreiche Schlaglöcher und Furchen. Wind rauschte in den Bäumen. Am Wegrand lauerten bizarre Schatten. Krampfhaft starrte sie nach vorn, auf den zitternden Lichtkegel, den die Fahrradlampe auf den Weg warf. Ihr war nicht ganz wohl. Warum hatte Paul nicht den Waldparkplatz als Treffpunkt vorgeschlagen? Bestimmt war das wieder einer von seinen schrägen Einfällen.

Mit dem Rad kam man fast bis zum Hochsitz, nur die letzten hundert Meter war der Pfad zu schmal und besser zu Fuß zu begehen. Sie stellte das Rad ab und horchte. Alles war still. Der Mond überzog den Wald mit seinem kalten Licht. Ein bisschen unheimlich fand sie es schon. Diese geheimnisvollen Schatten – Baumstümpfe wurden zu Tieren und Monstern, kahle Äste ragten wie Gerippe in die Nacht. Ein Vogel schrie. Franziska spürte, wie ihr eine Gänsehaut den Rücken hinablief. Sie hastete den Pfad entlang, den Strahl der Taschenlampe immer ein paar Meter vor sich. Dennoch wäre sie ein paar Mal fast gestürzt. Sie hörte Zweige knacken und blieb stehen.

»Paul?«

Niemand antwortete. Sie ging langsam weiter. Schwarz hob sich der Schatten der Kanzel gegen den Nachthimmel ab. Wartete er da oben auf sie?

»Paul?«, rief sie erneut. »Paul, ich finde es gruselig hier, also sag was.«

Der Wald schwieg. Franziska wollte eben die Leiter hinaufsteigen, als sie ein Geräusch hinter sich vernahm. Eine dunkle Gestalt kam auf sie zu. Das Gesicht war nicht zu erkennen. Wer immer da auf sie zukam, trug eine schwarze Sturmhaube.

60

»Hängst du dich immer so rein in deine Fälle? Gefühlsmäßig, meine ich?«, erkundigte sich Volker Baumann. Sie waren inzwischen beim Dessert und dem zweiten Glas Wein angekommen.

»Unterschiedlich. Wenn eine Dumpfbacke der anderen den Schädel einschlägt und als Motiv angibt: ›Ey, der hat genervt, Mann‹, dann, das muss ich zugeben, kann ich nach Dienstschluss gut abschalten«, meinte Petra.

Baumann grinste.

»Aber wenn zwei junge Mädchen ums Leben kommen und auf ein weiteres ein Mordanschlag verübt wird, dann beschäftigt mich das schon ein bisschen«, fuhr sie fort. »Dich etwa nicht?«

»Doch, natürlich«, versicherte er.
Ein Dudeln aus Petras Handtasche unterbrach das Gespräch.
»Wer ist das denn jetzt?«, stöhnte sie, während sie das Telefon hervorkramte und sich meldete.
»Hier ist Paul. Paul Römer.«
»Paul?!«
»Sie müssen kommen! Schnell. Sie will Franziska umbringen.«

61

Franziska rannte. Sie rannte, wie sie noch nie gerannt war, sprang über Steine und junge Bäume hinweg, Zweige schlugen ihr ins Gesicht. Der keuchende Atem hinter ihr kam trotzdem immer näher. Sie schrie auf, als eine Hand nach ihrer Schulter griff. Sie schaffte es, sich loszureißen, ein paar Schritte taumelte sie voran, dann verfing sich ihr Fuß in einem Geflecht von Brombeerranken. Sie fiel hin. Sofort war der fremde Körper über ihr. Ihre Arme wurden zu Boden gepresst, sie spürte ein Knie des Angreifers zwischen ihren Schulterblättern. Dann hörte sie eine dunkle, hasserfüllte Stimme: »Du glaubst wohl, du kannst Paul einfach so haben, was? Das dulde ich nicht, hörst du? Ich habe schon zu viel verloren. Habe ich dich nicht oft genug gewarnt? Aber nein, du gibst ja einfach keine Ruhe. Er gehört mir. Seiner Familie. Ich kann es nicht zulassen, dass so kleine Schlampen wie du daherkommen und ihm den Kopf verdrehen. Du hast es dir selber zuzuschreiben, was jetzt mit dir passiert. Aber dieses Mal wird es keine Leiche geben. Dich werden sie nicht finden. Nicht mal einen Grabstein wirst du bekommen. Du wirst einfach so vergammeln!«
Die Stimme war zweifellos weiblich. Franziska wurde an den

Haaren nach oben gerissen. Die Arme auf dem Rücken verdreht, zwang die Fremde sie vorauszugehen. »Los, beweg dich. Wir gehen jetzt dein Grab ansehen. Ich glaube, du kennst es schon. Diesen netten kleinen Teich, du erinnerst dich?«

Es gelang Franziska, einen Blick über die Schulter zu werfen. Ihre Angreiferin trug eine Sturmhaube über dem Kopf. Eine Strähne blonden Haares hatte sich gelöst und kam darunter hervor.

»Hilfe!« Es sollte ein Schrei werden, aber der Laut drang nur als Röcheln aus Franziskas Mund. Ihre Kehle war trocken. Sie bekam für einen Moment ihre Arme frei, aber sofort spürte sie etwas Kaltes an ihrem Hals. Ein Messer, durchzuckte es Franziska.

»Vorwärts jetzt«, flüsterte die Stimme dicht an ihrem Ohr.

»Lass sie los!« Der Schrei gellte durch die Nacht.

Die Gestalt hielt inne und wandte den Kopf. Franziska griff nach hinten, bekam die Sturmhaube zu fassen und riss sie herunter. Ein schwacher Lichtkegel traf auf mattes blondes Haar.

»Lass sie los!« Paul kam aus dem Dickicht langsam näher. Die Messerklinge blitzte im Schein seiner Taschenlampe auf.

»Nein, Paul. Das geht nicht, sie wird alles kaputt machen.« Die Stimme, die aus dem verzerrten Mund kam, war nun schrill und voller Verzweiflung.

»Mama, bitte!« Paul näherte sich bis auf drei Schritte.

Juliane Römer sah ihren Sohn an. »Bleib da stehen. Sonst töte ich sie auf der Stelle.« Das Messer wurde fester gegen Franziskas Kehle gedrückt.

»Mama, sie hat nichts getan.«

»Sie wird alles erzählen«, flüsterte sie.

»Sie wissen doch schon alles«, sagte Paul und streckte die Hand aus. »Gib mir das Messer.«

Aber Juliane Römer schrie hysterisch: »Sie wollte dich mir wegnehmen. Genau wie die anderen, sie ist eine . . .«
Plötzlich war der Wald taghell. Franziska wurde geblendet und sie hörte eine Stimme aus dem Off. »Polizei. Lassen Sie sofort das Messer fallen.«
Die Angesprochene schirmte die Augen mit ihrem Unterarm ab. Ein völlig in Schwarz gekleideter, maskierter Mann tauchte hinter ihr auf und riss ihre Arme zurück. Das Messer landete auf dem Waldboden. Ein zweiter Maskierter hob es auf. Plötzlich wimmelte es von Leuten. Kommissarin Gerres kam auf Franziska zu und nahm sie in den Arm.
»Bist du in Ordnung?«
Franziska befühlte ihren Hals. Kein Blut. »Ich glaube schon.«
»Keine Angst. Die Männer sind vom SEK, vom Spezialeinsatzkommando. Die sehen wilder aus, als sie sind.«
»Paul . . .«
Paul sah regungslos zu, wie seine Mutter von zwei Männern in militärisch anmutenden Uniformen abgeführt wurde.
»Ich bring das Mädchen zum Wagen. Kannst du dich um Paul kümmern?«, bat Petra Gerres einen Mann in ziviler Kleidung, der nun zu ihr trat.
»Klar.«
»Paul!« Franziska, die von Petra behutsam in Richtung Weg geführt wurde, wandte sich nach ihm um.
Er stand mit gesenktem Kopf da, die Hände vor dem Gesicht. Obwohl so viele Menschen um ihn herum waren, wirkte er, als wäre er ganz allein auf der Welt.

62 »Himmel, Arsch und Zwirn«, fluchte Daniel Rosenkranz schon zum dritten Mal an diesem Montagmorgen. »Da ist endlich mal so richtig Action angesagt und ich bin nicht dabei! Warum hast du mich nicht angerufen?«

Petra ignorierte sein Gejammer. Sie starrte in ihren Morgenkaffee und murmelte kopfschüttelnd: »Ich war so blöd. So saublöd. Wie kann man nur so blöd sein?«

»Warum, was hast du denn?«, fragte Daniel.

»Dr. Jacobi hat mir die Lösung geradezu auf die Nase gebunden! Nur ich Trottel habe nicht nachgedacht, sondern mich gleich auf die Schwester versteift. Dabei gelten genau dieselben Motive für die Mutter.«

»Ja, durchgeknallte Mütter sind noch ein ganz anderes Kaliber als eifersüchtige Schwestern«, bestätigte Daniel, ohne die Quelle dieser Erfahrung zu benennen.

Petra nickte abwesend. »Was mich am meisten ärgert: Wenn sie Glück hat, und einen guten Anwalt, dann wird sie nur wegen Mordversuchs an Franziska Saalberg zur Verantwortung gezogen. Die anderen Morde sind ihr nicht zu beweisen. Ihre Kinder müssen nicht gegen sie aussagen. Was auch, die waren ja vermutlich nicht dabei«, überlegte Petra laut.

»Was ich nicht verstehe«, bekannte Daniel, »Paul ist doch nicht dämlich. Spätestens nach Katrins Tod muss er sich doch seinen Teil gedacht haben.«

»Manchmal möchte man Dinge, die man wahrnimmt, nicht wahrhaben. Der Mensch besitzt die Fähigkeit zur Abspaltung. Was man nicht sehen will, das sieht man einfach nicht.«

»Es sprach die weise Alte«, spöttelte Daniel.

»Schnauze, Frischling!« Petra hielt ihm ihre Faust unter die Nase.

»Ich glaub sowieso, dass Mutter Römer in die Klapse kommt«, orakelte Daniel.

»Kann durchaus sein«, antwortete Petra. »Jedenfalls hat sie da im Wald keinen sehr klaren Eindruck gemacht. Aber was soll's? Das ist jetzt nicht mehr unser Bier.«

»Schon, ja. Aber was wird jetzt aus Paul und seiner Schwester?«, fragte Daniel.

»Die beiden haben einen Onkel auf Usedom. Allerdings ist der mit seinem Hotel vermutlich ausgelastet. Baumann hat erzählt, es gibt noch eine Tante in London. Vielleicht ziehen sie zu ihr. Wäre wohl das Beste, dort können sie ganz neu anfangen. Paul ist ohnehin in einem Jahr volljährig.«

»Apropos Baumann.« Daniel Rosenkranz grinste süffisant. »Warum war eigentlich am Freitagabend unser Braunschweiger Hauptkommissar vor Ort?«

»Weil ich mit ihm essen war, als Pauls Anruf kam«, erklärte Petra schlicht.

»Ha!«, machte Daniel. »Du schuldest mir was.«

»Wofür denn, bitteschön?«

»Für meine Nachhilfe in dieser Sache.«

»Das hätte ich auch ohne dich hingekriegt«, versicherte Petra.

»Und wie war dann so der Rest vom Wochenende?«, forschte Daniel nach.

»Das geht dich einen feuchten Dreck an«, sagte Petra und lächelte stillvergnügt vor sich hin.

Liebe Franziska,

danke für deinen letzten Brief. Weißt du was, ich finde solche Briefe auf Papier viel cooler als E-Mails.

Die neue Schule ist okay, aber ganz anders als in Deutschland. Mit Schuluniform und so. Ich wohne praktisch dort, nur am

Wochenende komme ich nach Hause. Es sind nur Jungs in dieser Schule. Sie nennen mich »Kraut« und sie bringen mir Kricketspielen bei. Alexandra geht auf eine andere Schule, in der nur Mädchen sind. Ich weiß nicht warum, aber seit wir in England sind, ist sie irgendwie umgänglicher geworden.
Wir wohnen bei Tante Gerda in Notting Hill. Das sieht da wirklich so aus wie in dem Film. Tante Gerda ist die jüngere Schwester meines Vaters, sie und ihr indischer Lebensgefährte haben ein Restaurant mit indischer und deutscher Küche in Kensington. Beide sind schwer in Ordnung. (Betonung auf schwer – sie sind beide nicht die Schlanksten.) Ich werde die Feiertage mit Tante Gerda, ihrem Freund und Alexandra verbringen. Sie hat schon einen Weihnachtsbaum gekauft, mit Schmuck dazu, und wir werden furchtbar viel essen.
Liebe Franziska, ich hoffe, es geht dir gut und du hast diese schreckliche Sache einigermaßen überstanden. Ich überlege oft, ob ich das, was passiert ist, hätte verhindern können. Ich habe meine Mutter bis jetzt noch nicht besucht. Gerda meint, wir sollen uns erst mal hier eingewöhnen und mit uns selbst klarkommen. Meine Mutter schreibt mir regelmäßig aus der U-Haft und ich antworte ihr. Aber sie ist mir fremd geworden. Gleichzeitig habe ich ein schlechtes Gewissen, weil ich mir eingestehen muss, dass es Alex und mir ohne sie besser geht. Erst jetzt wird mir klar, wie besitzergreifend sie seit dem Tod meines Vaters war.
Im Januar wird ihr Prozess beginnen. Höchstwahrscheinlich kommt sie in die Psychiatrie.
Ich denke oft an dich. Noch zwei Wochen bis Weihnachten und danach werde ich wohl mal meine Mutter besuchen. Gerda wird mich begleiten. Vielleicht könnten wir uns bei der Gelegenheit treffen? Ich würde mich wahnsinnig freuen, dich zu sehen, aber

nur, wenn du willst. Grüß meinen alten Freund Bruno von mir. Er fehlt mir. Du auch.
Dein Paul

Franziska ließ den Brief sinken, den sie gerade ihrer Tante vorgelesen hatte.
»Na, das klingt doch ganz erfreulich«, sagte Lydia. »Den beiden scheint die Insel gut zu bekommen.«
»Schon, ja. Aber ich weiß nicht, was ich machen soll«, gestand Franziska und zupfte nervös an Brunos Ohren.
»Du meinst, ob du Paul treffen sollst.«
»Genau.«
»Du willst ihn nicht sehen?«
Franziska zuckte die Schultern. »Es ist so viel passiert. Und seit er weg ist . . . Es ist alles einfacher ohne ihn. Mein Leben ist wieder meins. Ich möchte das nicht mehr, dieses dauernd an jemanden denken müssen, dieses Warten auf Briefe oder Mails oder wann er kommt. Er ist mir auch fremd geworden. Und irgendwo, so ganz tief in meinem Inneren, denke ich, dass er hätte wissen müssen, was seine Mutter da tut. Ich meine, erst Solveig, dann Katrin . . . er hat mit meinem Leben gespielt. Vielleicht nicht bewusst, aber irgendwie doch.«
»Ich verstehe, was du sagen willst«, antwortet Lydia. »Es ist deine Entscheidung. Du brauchst dich vor niemandem dafür zu rechtfertigen. Besonders nicht nach allem, was geschehen ist.«
»Meinst du, dass er sehr traurig wäre, wenn ich ihm absage?«, fragte Franziska.
Lydia warf einen Blick auf den Brief und sagte: »Ich glaube nicht, dass es ihn aus der Bahn werfen wird. Erklär es ihm. Er wird es verstehen.«

»Danke«, sagte Franziska, sichtlich erleichtert.

»Ach, Franziska … wo doch Weihnachten vor der Tür steht. Wann kriege ich deine Bücherliste?«

»Ich wollte eigentlich lieber was anderes«, meinte Franziska.

»Was denn?«

»Vielleicht einen Gutschein für Klamotten. Ich brauch dringend ein paar coole Teile. Für die Silvesterfete des Jahrgangs und überhaupt – man weiß ja nie … «

DAS BÖSE HAT SEINE GUTEN SEITEN – DIE ARENA THRILLER

Bettina Brömme

Engelmord

Melina ist auf der Suche nach ihrem Bruder Heiko, seit drei Jahren ist er verschwunden. Auf dem Hof einer religiösen Sekte findet sie ihn wieder, aber er scheint sie nicht mehr zu erkennen. Dann geschieht ein schrecklicher Mord an einer jungen Frau, der Heiko angelastet wird. Denn die Tote war Heikos geheime Freundin – eine verbotene Liebe innerhalb der Sekte. Melina glaubt an die Unschuld ihres Bruders. Doch jemand aus der Gemeinschaft will mit allen Mitteln verhindern, dass die Wahrheit ans Licht kommt ...

Arena

Auch als E-Book erhältlich

280 Seiten • Klappenbroschur
ISBN 978-3-401-06918-0
www.arena-verlag.de

DAS BÖSE HAT SEINE GUTEN SEITEN – DIE X-THRILLER

978-3-401-06712-4

Der süße Kuss der Lüge

Meine Schuld, hämmert es in Lus Kopf. Ich habe nicht aufgepasst und es ist meine Schuld. So verzweifelt sie auch die kleine Ida sucht, ihre geliebte Nichte ist spurlos vom Spielplatz verschwunden. In ihrer Panik ruft Lu ihren Freund Diego an, der bei der Polizei arbeitet. Sie ahnt nicht, dass damit ein Albtraum seinen Lauf nimmt.

978-3-401-06608-0

Wenn es dunkel wird

Melody und ihre Freunde wollen entspannte Sommerferien an der französischen Mittelmeerküste verbringen. Doch okkulte Praktiken und verbotene Gefühle zwischen ihnen heizen zusehends die Stimmung auf. Es kommt zur Katastrophe – ein Jugendlicher stirbt. Mel weiß: Nur wenn sie alle schweigen, wird niemand die Wahrheit je erfahren.

978-3-401-06683-7

Dann fressen sie die Raben

Nach dem vermeintlichen Selbstmord ihrer Schwester fühlt sich Ruby permanent beobachtet und verfolgt. Jemand steckt ihr das Foto eines toten schwarzen Jungen zu. Warum und was hat das mit den rätselhaften Andeutungen ihrer Schwester zu tun, die um ihr Leben kämpft? Die Polizei hält alles nur für einen schlechten fremdenfeindlichen Scherz.

Arena

Jeder Band:
Klappenbroschur
Auch als E-Book erhältlich
www.arena-verlag.de